爱你像风走了八千里，不问归期

陈若／著

北京燕山出版社

图书在版编目（CIP）数据

爱你像风走了八千里，不问归期/陈若著．—北京：
北京燕山出版社，2023.9

ISBN 978-7-5402-6683-7

Ⅰ．①爱… Ⅱ．①陈… Ⅲ．①杂文集 – 中国 – 当代
Ⅳ．① I267.1

中国版本图书馆 CIP 数据核字（2022）第 181164 号

爱你像风走了八千里，不问归期

著　者	陈　若
责任编辑	王　涛
文字编辑	谢志明
封面设计	韩　立
出版发行	北京燕山出版社有限公司
社　址	北京市西城区椿树街道琉璃厂西街 20 号
邮　编	100052
电话传真	86-10-65240430（总编室）
印　刷	三河市华成印务有限公司
开　本	880mm×1230mm　1/32
字　数	150 千字
印　张	7
版　次	2023 年 9 月第 1 版
印　次	2023 年 9 月第 1 次印刷
定　价	46.00 元
发行部	010-58815874
传　真	010-58815857

　　经过一整个冬天的酝酿，这本书终在一个凌晨尘埃落定。红木桌子旁放着的咖啡杯中只剩残渣，我起身走到窗边，站在小区顶层俯瞰对街。霓虹不肯罢休地照着半边不夜天，稀疏的车辆疾驰而过，拐角处二十四小时不打烊的便利店偶有行人进出。

　　这个夜晚，与已经逝去的无数个夜晚并无不同，但我固执地认为，今夜的星光更亮一些，今晚的时间更温柔一些。

　　时钟指向十二点，是结束，也是另一个全新的开始。就像文档里保存着的故事，在这一刻属于我，而在下一刻，便属于读到的你，你们。不知道当你们看到这些故事时，是在蔷薇盛开的春季，还是在蝉声响亮的盛夏。只知彼时，温度已经回升，冰雪已经消融，凛冽的寒风已经过境。

　　一切终究成为过去，惦念或是遗忘都不重要，重要的是，你是否始终在向内心深处挖掘，以寻觅清冽的泉水，追寻更

好的自己，探求更完满的爱情。

写来写去，笔触总也离不开爱情。

温暖的，激烈的，平淡的，隆重的。在不同的人身上，爱情以不同的方式诡谲地盛开。有人爱上它给予的温柔，心无旁骛地沉沦其中；有人品尝过它赐予的疼痛，千方百计地想要逃匿。可无论怎样，我们仍将它奉为生命的精魂。

回过头去看走过的历程，那一场瘦骨嶙峋的青春，终因为爱与被爱，因为温暖与痛楚，因为得到与遗失，变得丰腴饱满，闪闪发亮。

目录

CONTENTS

1

等你像等待一场降临，

不念来时

我爱你，不动声色

他在她的额头印上一吻，拿起外套冲到街上，拦下一辆出租车。回家，他要回到有苏子薇的家。

卓然和叶一秋在微信上聊天已有一年的时间，但两人从未见过面。

他们每天聊天的时间并不固定，但多半在晚上十点钟以后。当然，在早上上班前偶尔说一句早安也是有的，不过这种情况少之又少。

他们更像是对方的出气筒，把一天之中郁积在心中的怨气和不满，一字一字输入到微信的对话框里，比如挤地铁被一个女人的高跟鞋踩了一脚；比如月末那一天迟到了一分钟而没有拿到全勤奖；比如领导心情不好而迁怒于自己的业绩；比如物价涨了而工资没涨；比如下班回家途中堵车堵了半个小时；比如朋友圈里有太多的人晒旅行照……

他们把这些负能量通通发给对方，对方接收到后也并不好言相劝，而只是兀自诉说自己的烦恼。

因为是陌生人，彼此没有交集，以后也不会有交集，所以他们放肆地任唾沫横飞，毫无保留地把自己的生活和盘托出。

不必有什么顾虑，他们看不见各自的脸，不知道彼此在哪个角落里苟活。

每次说完，他们都感到前所未有的畅快，觉得自己又可以和琐碎的生活与糟糕的世界周旋。然后，他们手机屏幕上出现对方发来的"晚安"两个字。于是，他们昏昏沉沉睡去，明天又是新的一天。

他们谁都不想发展除此以外的关系，也不想改变最适合他们的这种交流方式。但在不知不觉中，他们已经开始依赖彼此。

是的，怎么能没有依赖呢？过完疲惫的一天，把整个人甩到床上，懒得再说任何一句虚伪和恭维的话，知道手机里还有一个陌生人准备接收自己的乖戾，心里总会添上三分暖意。

等到困得睁不开眼睛，聊天也就适时结束。他们都感到很知足。

卓然的女友苏子薇一直知道他在微信里和别的女孩儿聊天这件事，而她始终假装不介意。

这是一个手机介入生活的时代，手机在手，足不出户也能看到这变化莫测的大千世界。所以，在情侣关系之外，偶尔有个蓝颜知己或是红颜知己，也并不是什么稀奇的事情。对苏子薇来说，这完全不足以构成分手的理由。

但不分手并不代表全盘接受，也不代表不会吃醋。

她的头上还写着正牌女友几个字，心血来潮的时候还是会不管不顾地拿他有暧昧对象说事儿。而卓然问心无愧，任凭苏子薇在晚上十一点翻来覆去地闹。他知道等她累了，就会盖上被子睡觉。

卓然琢磨不透苏子薇的心思，有时她大方至极，甚至一到晚上十点就会提醒他去聊微信；有时她又极其吝啬，为了不让他聊微信一整晚都霸占着他的手机。

卓然把这种情况说给叶一秋听，问是不是所有的女人都这样喜怒无常。叶一秋很肯定地回答："是的。"卓然又问，为什么感觉她只有一重性格。她说是因为离得太远，这种远与距离无关，而是因为不了解。

卓然不服气，明明两人聊天已经有好长一段时间，但她竟然说他们并不了解。

"怎样才能了解一个人？"他问。

　　"了解一个人要看运气，有的人终其一生也没有了解与自己离得最近的人。"

　　"你说话的语气忽然之间跟王家卫很像，我第一次觉得听不懂。"

　　"王家卫你个大头鬼，白痴。今天穿着高跟鞋踩了一个胖子的脚，感觉爽极了。"

　　"哈哈哈！这才是我认识的你。"

　　每个人都害怕熟悉的人改变，所以他们都急于寻找最令他们舒服的相处方式。可是，卓然并不知道最真实的叶一秋其实是沉默寡言的，叶一秋也想象不到嬉皮笑脸的卓然曾经追求他的女友追了整整五年。

　　他们活在自己真实的生活中，也活在对方的想象里。

　　卓然和叶一秋仍旧像以前那样，把对方当成自己生活中的出气筒，嬉笑怒骂无所顾忌。

他们是彼此生活中的隐身者，精神上的支持者。

一天晚上，苏子薇回到家里哭得死去活来。

卓然急忙关掉爆笑的视频，问她出了什么事情。谁知她抹一抹眼泪，开始讲起同事的遭遇。

暂且称呼苏子薇的同事为小 D。

在外人看来，小 D 和她老公情比金坚，相恋三年，结婚两年，只吵过一次架。今年小 D 打算生一个可爱的宝宝。然而，她怀孕不过一月，就发现老公的衣服口袋里装着一张酒店的房卡。

他们两人之所以始终维持着令人艳羡的关系，是因为她一直给予他足够多的自由。

小 D 从来不查老公的通话记录、短信、微信，她站在距离他刚刚好的地方看着他，让自己和对方都像一条鱼一样在海域中自由游弋。

他们之间也有不愉快的记忆，但他们是两条鱼，只有七秒钟的记忆。七秒钟过后，他们又是最令人艳羡的夫妻。

然而，自由有一个限度，也要遵循某种秩序。自由过度，必然要受到伤害。当小 D 看到老公口袋里的房卡时，便知道一切都要走到终点。

不是她执意要这样做，而是她知道秩序一旦被破坏，就难以闭着眼睛演下去。

所以，她不动声色地把那张房卡和两张离婚协议书放到老公面前，看着老公的眼神一点点暗淡下去，虽然心疼得难以呼吸，却决定不走回头路。

她老公签字的第二天，她独自到医院把肚子里还未成形的孩子做掉。

当爱情和家庭都不存在时，其附带物也就没有存在的必要。况且，她并不想让孩子一生下来就看到这个世界的残缺。

在家里休养半个月后，她提着行李去了很久之前就想去的土耳其。

她说要在那里坐一次热气球，从高空俯瞰这个忙碌的世界，也俯瞰自己渺小的灵魂。

由于她对公司做出过很大的贡献，公司将为她保留三个月的职位。如果三个月后，她没有如期上班，公司只能另觅新人。

而她一定会回去。

此刻，和她相依为命的只有自己，她必须重新站起来。不管生活投掷给她的是伤痛，还是幸福，她都得全盘接受。

苏子薇说完小 D 的事，用了整整一抽纸巾。

聪明的卓然，自然知道她对他讲述这件事的用意。

他拥有自由，但这自由并非绝对。如果规则被打乱，苏子薇也会做出同样的决定。而他不以为意，因他知道自己从来都是理智型男人。至于微信里的叶一秋，那不过是一个出气筒而已。

卓然把小 D 的事情通过微信简明扼要地说给叶一秋听，叶一秋却说，是因为小 D 爱得太深，所以一开始纵容，到最后眼里容不得一粒沙子。

卓然发过去一个笑脸，说她说话又开始像王家卫，故弄玄虚，云里雾里，让人觉得高深莫测。

其实，这些话他都听得懂，只是假装不懂。

他害怕依赖的成分多过吐槽的成分，害怕一定程度的自由在某个不自觉的时刻坍塌成废墟。

于是，他和她聊天的次数越来越少。

每到晚上十点钟，他便故意看球赛，看电影，跑到卫生间抽烟。

整整两周的时间，他的微信里有十四条未阅读的消息。这些消息全部相同，都是"在吗"两个字再加一个问号。

她懂得适可而止，久久得不到回复，便不再说话。当然，她也知道持之以恒的力量，等到第二天，她又以同样的方式呼唤他出现。连续十四天后，奇迹终于出现。

十一点，他在卫生间抽完一支烟，像是决一死战的将士一样打开手机，回复道：

"在。"

仅此一字，已足够山海动容。

"我们见面吧。"叶一秋说。

在某些时候，男人通通是胆小鬼，弱不禁风的女人反而像是背后的披风猎猎作响的超人。

"合适吗？"

"我觉得合适，至于你觉得合不合适，得问你自己，我不清楚。"

"什么时候合适？"

"我觉得任何时候都合适。"

"那你定个时间吧。"

"周六下午四点钟。"

"在哪里见面？"

"我再联系你。"

那一天的对话，就这样结束。该来的，怎么躲也躲不掉。

卓然看着身边已经睡熟的苏子薇，想起她讲给自己听的小D的故事。有些事情，越是害怕，越要发生。

可即便知道事后，生活将面目全非，也禁不住诱惑，一步步向前试探。

周六下午四点钟，卓然准时来到叶一秋所说的咖啡厅。那时，叶一秋早已坐在指定的位置上。

在卓然的想象中，叶一秋是长发飘飘型，虽有点肉感，但不影响凹凸有致的身段。但眼前的叶一秋留着齐耳短发，在阳光下泛一点蓝。他不禁想到四个字：洁静精微。

他想，真实的叶一秋应该像某个有着强迫症的艺术家那般精准且要求无限。

她嘴上涂着樱桃红的口红，让他很想上前咬一口。

她的脸很瘦，脖颈上的锁骨深深地凸显出来。

她先打破尴尬的气氛，向他伸出手。他蹭蹭自己的衣角，伸出手和她握手。那只停留一秒钟的触碰，像是坚冰忽然流动成河。

他问她可不可以吸烟，他紧张的时候就要吸烟。

她指指咖啡厅墙上禁止吸烟的标志，对他说，要不然就换一个地方。

桌子上留下的那两杯热咖啡，慢慢变凉。

叶一秋走在前，卓然走在后。

她在脖颈处应该洒了一点儿午夜飞行，空气中流动着一种暧昧且浪漫的味道。

她提着手袋，走路时漫不经心，并不时回过头来看他。

好几次，她示意他走上前来，和她肩并肩，但他只是笑，宁愿在她身后肆意地看她。

十分钟后，她在一家酒店门口站定。回头看了他一眼后，她便走进去。

卓然不自觉地跟着她走，脑中不断浮现小 D 的故事。

回到家，卓然看到苏子薇正抱着一桶爆米花看韩剧，地板上散落一地被眼泪浸湿的纸巾。

他忽然感到，这才是有血有肉的生活。

他走过去把地上的纸巾全部捡起扔到垃圾桶内，然后和苏子薇挤到一张沙发里，抢她的爆米花。苏子薇转过头看他一眼，眼神里闪过一丝悲哀，随即又恢复原样。

韩剧里正演到令人捧腹大笑的桥段，而苏子薇哭得一塌糊涂。

他知道，他身上带了午夜飞行的味道。

苏子薇哭过之后，走进洗手间洗了一把脸，出来之后又变得跟没事儿人一样。她不是小D，做不到潇洒地一走了之。

眼前的男人懂得回家，她就愿意留下来和他一起制造人间烟火。

其实，在酒店里，卓然和叶一秋什么也没做。

他们只是越过世间千万个谎言，紧紧地拥抱在一起。

叶一秋说："我一直记得小D的事，但不是每个人都像小D，也不是每段爱情都不沾泥。你我只是萍水相逢，没有那么大的能量抵抗世间的敌意。苏子薇一直在等你回去。"

他在她的额头印下一吻，拿起外套冲到街上，拦下一辆出租车。

回家，他要回到有苏子薇的家。

那些不曾褪色的小时光

一直想问却从未问出来的问题：第一次接吻，H先生是不是吃了洋葱。

一直想做却还未做的事情：养一只小狗或是猫咪。

正在慢慢践行的事情：和H先生一起虚度时光，慢慢老去。

1

那时，我们还没有在一起，只是一对暧昧着的单身男女，每天晚上通过打长途电话保持联系。

有一天，他大早上给我打来电话。我问他在哪里，他没有回答，反而问我他在哪里。

浪费半个小时的话费后，我才知道，他在上班路上摔了一跤，清醒的一瞬间似乎把什么都忘记了，只记得我的手机号码，便给我打来电话。

2

上大学时，H先生给我打电话，说包裹到了，让我注意查收。我正急着去洗澡，说回来之后再去取。

我提着一堆洗漱用品，穿着肥大的睡衣走到楼下时，竟看到 H 先生摆着酷炫的姿势等着我。

我害怕是在做梦，转身就往回跑，随即电话铃声响起，H 先生说："请签收我这个包裹。"

3

大学期间一共考了四次六级，每一次都因和 H 先生扯上关系而差一分通过。最后一次考时，正赶上我的生日。于是，约好的见面只能取消。

交卷铃敲响后，我得意地笑，心想没有 H 先生捣乱肯定能过。当我收拾好文具，走出考场时，H 先生正在门口满脸笑容地看着我。

我瞬间泪流满面，他以为我是太感动。成绩出来后，毫无疑问，成绩一栏赫然写着 424。

4

H 先生是一个非常自信的人，自信得有点盲目。我是一个非常信任他的人，信任得有点盲目。两个盲目的人，如果不发生一些悲剧的事情简直是不科学的。

我们毕业旅行去的是厦门，悲剧就在回程中不可避免地发生了。返程的机票本来是早上九点起飞，中午十二点到北京。但盲目的我们认为是中午十二点起飞。于是，当我们十一点到达机场的时候，飞机已经快要在北京落地了。

最终，我们匆匆跑到火车站，买了两张站票。三十多个小时后，我们从厦门一路站到了北京。

5

"你知道我最希望将来人们怎么骂我吗？"

H先生把嘴里的零食倒到一边口齿不清地问我。

我懒得理他，给了他一个白眼没有回答。

他奋力把嘴里乱七八糟的东西咽下去，情绪高昂地说道：

"你有钱有什么了不起吗？你长得帅有什么了不起吗？"

说完之后，笑得像是买彩票中了一百万。他那个样子，真的很像咧着嘴笑的宋小宝。

6

第一次见我爸时，H先生怕说错话，竟憋在家里打了一整天的草稿，又用另一整天把那些话背熟。结果，那一天我爸临时有事，只在饭桌上待了十分钟。剩下的时间，我们一直在听我健谈的老妈说话。

7

晚上我经常做噩梦，有时还会哭出声来。每当那个时候，第二天我的脸就非常疼，问H先生是怎么回事儿，他就一副无辜的样子，说他也不知道。

因为这样的事情反复发生，有一天晚上我就假装睡着，假装大声哭泣。答案顿时就揭晓了。

H先生一听到我哭泣，马上就抡圆胳膊，给了我两个耳光，嘴里还不住地安慰我，不怕，宝贝儿，这是梦。

他刚一说完，我立马就坐起来，尽量平静地说道："抡自己两个耳光。"

黑夜里，那两个耳光格外响。以后，我的脸再也没有疼过。

8

收拾书架时，看到很久以前写给H先生的一大沓情书。我把这些情书捧到他面前：

"以前你是不是没有好好看这些情书？"

爱你像风走了八千里，不问归期

“瞎扯。那时候正是热恋，恨不得每个字都舔一遍。”

“那你到底舔没舔？”

“……”

9

在超市里，我在膨化零食区满心欢喜地挑了很久，转过身却发现 H 先生不见了。我只好抱着零食在偌大的超市里找，转了九九八十一圈后，我发现他竟在日用品区为一床羽绒被和服务员大妈砍价。

砍价的伎俩，又是眨眼睛，又是微笑，又是夸大妈年轻。大妈显然很受用，但最终还是无可奈何地说道："小兄弟，这家超市不是我的，我说了不算。"

我顺势走过去，把零食扔到车筐里，幸灾乐祸地说道："长得帅又不能当饭吃。"

10

每次去超市，我们都必干两件事。一是 H 先生假装买大米，而把手悄悄地插进米中。二是我假装要买方便面，而把那一排方便面都偷偷捏碎，最后让 H 先生都买走。

11

H 先生吃米线的时候被辣椒呛到，米线从鼻孔里喷出来。

他紧张地抬起头看我，以确认我有没有看到。但在抬头的瞬间，他看到我正目不转睛地盯着他看。

我表情不动声色，顺手把餐巾纸递给他。其实，我身体里所有掌管笑的神经都疯狂地躁动着，而我必须得使劲儿憋着，以至于我差点憋出内伤。

12

我一直在玩一种果冻消除的游戏，因为闯不过关而生气懊恼。

H先生在一旁嘲笑我，说我玩儿的游戏太低级。结果，他偷偷把游戏下载到自己的手机里，背着我玩得欲罢不能。

很久之后，我已经因为闯不过关而把那款游戏卸载了，但他仍旧握着手机绞尽脑汁地想闯关策略，甚至花了六块钱买了一次通关。

13

有一天我去H先生公司里等他下班。男同事们的桌子上都放着一辆遥控车，车型都是宾利、兰博基尼之类。

"我的同事每人团购了一辆遥控车，我就没买。"H先生眼巴巴地看着我说。

我立即有点心疼：

"应该也不贵吧，你也买一辆吧，这样你们好一起玩儿。"

"一百多点。我觉得很幼稚，我不买了。"

我甚感欣慰。

等我下一次再去他公司时，旁边一个同事大声对他说：

"让我玩玩儿你的坦克。"

H 先生急忙朝那个人挤眉弄眼，那个人似乎会意过来，又补了一句：

"你没告诉你媳妇儿啊。"

H 先生已经满头大汗。

14

第一次去 4S 店，是去买车。各项合同都填好后，H 先生迟迟不愿离去，因为接客室里有一辆全自动的按摩椅。

新车买了不到半月就被追尾，开往 4S 店修的时候，我坐在副驾驶上心情像是上坟。而 H 先生戴着墨镜，吹着口哨，一副优哉游哉的样子。

到了 4S 店，签了保修的单子，H 先生快步跑到接客室里，一屁股坐到全自动按摩椅上。那一刻，我终于明白他心情大好的原因。

15

我的淘宝购物车里全是漂亮的衣服、包包和鞋子，而 H 先生的购物车里则是打折的电饭锅，烤箱和一把不锈钢的切菜刀。

在网上买了一套化妆品，明明显示已经到达北京，但等了将近一个星期还没收到。我的暴脾气立即发作。

我在微信上对 H 先生说，我要退货，不买了，什么快递，太垃圾。H 先生就打开我的淘宝，联系客服，然后点击退货，并在退货理由里把我所说的气愤话添油加醋后都写了上去。

写完之后，他给我截了一张图。我说对，就这么写，气死我了。再过一会儿，H 先生又发给我一张截图，显示退货成功。我心一惊，哆嗦着给他打字：

"你真的退了？"

"不是你让退的吗？"

"谁让你真退了，我让你吓唬吓唬客服，催催他，谁让你真退了。"

"……那怎么办？"

"给我追回来。不真退。"

于是，H先生又打电话给客服，一改刚刚霸道总裁的气势，好言好语地说不退了，刚刚闲着没事儿逗着玩呢。

17

在普吉岛旅行，我和H先生因为省钱顿顿吃便宜的比萨。吃最后一顿比萨时，我很悲伤地说："来一次普吉岛，还没吃一顿龙虾，回去怎么跟朋友们交代，对得起朋友圈吗？"

H先生二话不说，拿起我的手机，走到旁边的餐桌上，对那桌的主人说了一句"sorry"后，便拍下了他们的龙虾大餐。回到座位上，他把手机交给我，说："你现在对得起朋友圈了。"

18

在普吉岛上，我们租了一辆摩托车进行环岛游行。

在一段人迹罕见的路上，他吩咐我下去，给他拍一段酷炫的视频，要发到网上去。我站在暴烈的太阳底下，举着相机给他拍摄。

他在前面一直耍帅，走之字形路线，站起来放开车把，漂移转弯。我懒得看他，就用帽檐遮住眼睛。过了一会儿后，我把帽檐往上推推，他已经停下。

他很紧张的样子，问我看没看到，拍没拍到。我一头雾水，不知他所云何物。于是，我只能很心虚地说很酷，很炫。同时，我打开相机看那段视频。

视频一共三分钟。在两分五十九秒的时间里，H 先生如飙车党一样，尽己所能摆着各种高大上的姿势。而在最后一秒钟，整个视频亮了：H 先生在玩儿漂移转弯时，方向打得太死，直接连人带车摔在地上。然后，他拍拍身上的土，默默地爬起来，边爬边看我。

我尽量控制不笑，告诉他根本没拍上。晚上的时候，我按照他的吩咐，把视频传到了网上。

19

周六的下午，忽然下起大雨。H 先生兴奋不已，拽起我就往外跑。我问他这是干什么，他说去洗车。我问大雨天洗什么车。他说："咱把车开到空旷的地方，让雨洗车，免费。"

20

因为天气太冷，我洗澡把热水都用完了。H 先生再进去洗的时候，冷得直打哆嗦。

21

H先生上厕所的哲学是,要专心致志,不能被别人打扰。而我偏爱隔着卫生间的门,大声地唱歌。熟悉我的人都知道,我唱歌从来不在调上。因为这件事,H先生尽量在公司上厕所。

22

有一天,我问H先生:"你把谁当作你的初恋呀,是初中那个偷偷把情书夹到你英语书里的女孩儿吗?"

他怕我误会,立即回答:"年轻的时候不懂爱情,和你在一起后,才知道怎么去爱,怎么去被爱。"

我明知道他答非所问,却非常受用。因而得出结论,对于情商高的人,你根本没有办法找碴儿。

23

自上班第一天起,H先生就每天接送我上下班,风雨无阻。除却他出差,或是通宵加班。

24

H先生所在的公司,每周三下午每人发一个苹果或是香蕉。但他吃完一个后,便会慢慢蹭到掌管水果的行政部,用所谓的美色贿赂行政的姑娘,多拿一份水果。拿到手之后,

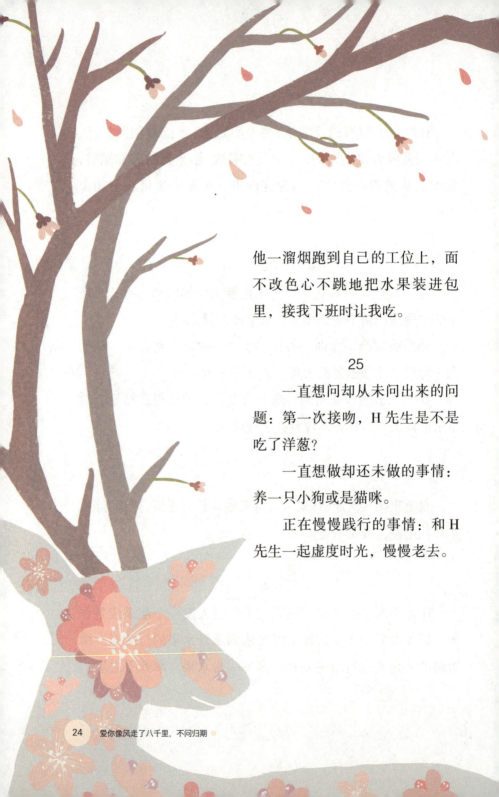

他一溜烟跑到自己的工位上，面不改色心不跳地把水果装进包里，接我下班时让我吃。

25

一直想问却从未问出来的问题：第一次接吻，H 先生是不是吃了洋葱？

一直想做却还未做的事情：养一只小狗或是猫咪。

正在慢慢践行的事情：和 H 先生一起虚度时光，慢慢老去。

有你在，一切都是最好的安排

章锦爱得那么用力。碰到真正心动的人，再聪明的女人也会变成爱情的新手。

在一个下雨的深夜，袁子铭接到章锦的电话。

这个电话，袁子铭已经等了整整两年。其实，他的电话簿里，一直存着章锦的电话，但是他一次也不敢拨通。

电话足足响了六声，他才强迫自己镇定下来。按下接通键后，他听到章锦久违的声音。

她没有给彼此留下太多寒暄的时间，而是开门见山地问他有没有时间，方不方便见面。

她的声音还是带着一丝沙哑，就像淋了雨的玻璃窗，更容易让人产生莫名的幻想。

袁子铭握着发烫的手机，回答说："我一直在等你的电话。"

十分钟后，章锦按响了他家的门铃。

其实，她在打电话的时候，就在他所住的小区里。

门铃刚一响起，他便把门打开。

他们一人在门外，一人在门内，像两年前那样紧紧拥抱。

袁子铭注意到章锦的头发剪成了短发，她随意又不乏深情地说道："我每天剪短一点点，当头发一寸也不剩的时候，我就能全部忘记。"

事实上，到现在，她也知道自己不会忘记当初那些如电影般的桥段。

这个世界不因任何人的失恋而坍塌，因而章锦和袁子铭仍旧活在人间。

在他们看来，这已经是最可悲的事情。但更荒唐的是，他们还爱着彼此。这种爱就像名贵的瑞士表那样，持久地转动，并且动力十足。

他们之所以分开，是因为袁子铭知道，他的未来已经到来，而她的未来还未展开。

他比她大整整二十八岁。

有人曾经告诉我说，男人比女人更害怕变老。

在原始社会里，男人靠体力狩猎，靠体力赢得配偶，靠体力维持生活。随着年龄的增加，他们的身体机能会慢慢退化，体力渐渐不支。所以，他们开始感到无奈与无助。年少时那些拿得出手的英雄事迹，在年老时回想起来，只觉得悲凉。

即便人类已经进化了上万年，这一点依旧被永恒地保留下来。或许，这就是人类本性之中根深蒂固的东西。

袁子铭在章锦面前应该就是这样的感受。

他面对她年轻的身体和丰盈的憧憬，有着深深的自卑感。

他们相识纯属偶然。那一年，她去南京旅行，寄宿在读研的同学宿舍里。本已拟好出游计划，却被一场突如其来的大雨打乱。无奈之下，她跟着同学去听课。

上课的研究生只有寥寥几个，导师自然记得住那几个学生的名字。看到陌生的学生来旁听，倒也不觉得反感。

那个导师就是袁子铭，在学生当中口誉甚佳。

他的头发已经有些花白，但丝毫不影响观感。那一双幽深的眼睛，更让人对他增添了几分敬重。尤其是身上的白色衬衣，没有一点褶子，看得出他生活的品质很高。

开始讲课前，他让章锦做自我介绍，就当作调节课堂气氛。

章锦毕竟已经工作两年，说话的逻辑还不错，再加上言语间带一点幽默和俏皮，立刻将气氛烘热。等她说完，导师带头鼓起掌来。

下课后，他在走廊里经过章锦身旁时，小声地对她说道："有没有人告诉你，你像是拉斐尔油画里走出来的女孩儿。"

外来的游客章锦和导师袁子铭的故事，就此展开。

那时，他已经变老，尽管已和前妻离婚，独自一个人过，但面对这不可思议的爱情还是有所顾忌。她正值最好的年纪，不是一无所知，也不是老年迟暮，还有足够的天真，因而能一头扎进滚滚红尘中，肆意地扑腾。

在那段忘年恋中，他为她着迷，与她坐在屋内的地板上玩五子棋，旁边放着半打啤酒、一堆零食。

他更愿意这样过生活，关起门来谈恋爱，与外界断绝关系。而她不一样，她虽然享受世界中只剩他们两个人的感觉，但她更想和他一起走出去，真正融入到外面的生活之中，体验滚滚红尘和人间烟火。

这已经不是女人必须裹脚才能生存的时代，这是一个开放的时代。他和她都是独身一人，没有必要去看好事之人的有色眼光。他们完全可以牵着手走过大街小巷，穿过苍茫的时间和空间。

章锦爱得那么用力。碰到真正心动的人，再聪明的女人也会变成爱情的新手。

什么是新手？新手就是以前的经验全部作废，对要做的事情一无所知，唯一的优势便是极具新鲜感和擅长使用蛮力。

章锦以前并非没有恋爱过，也曾为爱情欢愉和落泪。但遇到学识渊博，举止有涵养的袁子铭，她又变成了爱情的新手，把恋爱秘籍放在一边。

她所能做的就是像爱情学霸那样，用尽全力去给予，不

管所给的东西是好的，还是坏的。她只是不断地给，不断地给，因为除了这样做，她不知道还能做些什么。

章锦的同学一直深深自责，如果不是她把章锦带进教室，章锦也就不必谈这样一场忘年的恋爱。但章锦一直对她心存感激，对同学说是她让自己真正体会到活着的意义所在。

章锦恨不得全世界都知道她的爱人是谁，而袁子铭一直不愿站在闪光灯之下，任由人们指指点点。

他曾对她说道："你还年轻，相信我，或许以后你会后悔这样做。"

她对他的谆谆劝告置若罔闻，依旧把自己当作爱情新手，用尽蛮力去给予，去炫耀。

她的闺蜜，她的父母，甚至她的前男友都知道了袁子铭的存在。她的父母虽是开通的人，到底不愿女儿有一个和父母年纪差不多的男朋友。他们曾试着让她去相亲，但最终都以失败告终。

在她的软磨硬泡之下，她的父母终于答应她见见袁子铭。

至此，章锦和袁子铭的恋爱已经维持了一年多的时间。她对父母的恳求也有如此之久。

她打电话给他，让他订好周末的飞机票，去见她的父母。他像以往那样有诸多顾虑，但又不忍心让她失望。因而，他打开电脑，订好周六下午到北京的航班，又订好酒店。

等到把这些琐事都做好，他才忽然之间清醒过来。

清醒的人，往往比混沌时有更多的忧虑。

章锦的父母会怎么看他，问到他们以后的生活时该怎么回答，亲戚们有闲言碎语时怎么应对，他有没有能力去给她更好的生活，他能否满足她的一切愿望。诸如此类，数不胜数。

章锦隔几个小时就会打来电话，向他诉说心中的兴奋与感激。在挂电话之前，她总要确认一下：

"你一定会来的，是吗？"

"是的。"

那次见面，原定的时间是周日下午两点。

一点半时，她已经提前走进那家西餐厅，坐到定好的位子上。

十五分钟后，她透过玻璃窗看到走来的父母，还有不请自来的小姨和姨夫。她立即向服务生提出换餐桌，增加两个人的座位。

他们五个人坐在一起有说有笑，章锦提出先点餐，父母和小姨一致坚持等袁子铭来了再点。他们都不是刻薄的人，懂得给自己和别人留余地。

两点整，袁子铭仍不见踪影。章锦开始一副皮笑肉不笑的样子，在和父母小姨说话期间，频频看向窗外。

又过了十分钟，窗外依旧没有走来熟悉的身影。她的父母已经知道这是一场没有男主人公的约会。他们不知该为女儿庆幸，还是该替女儿心酸。

章锦还是点了餐，服务生把餐点都上齐后，父母、小姨和姨夫谁也没有动刀叉。倒是章锦一人把每个人面前的牛排都细心地切开，再放回到各人面前，劝他们赶紧吃。她自己夹起一只虾，没剥皮就往嘴里塞。

那顿饭从头到尾只花了四十分钟。章锦把家人送到车上后，独自一个人走进了一家酒吧。喝得胃里翻江倒海，却怎么喝都喝不醉。在卫生间里把吃的虾全都吐出来后，她扶着墙壁拨通了袁子铭的电话。

她的声音带着哭腔带着沙哑，没有声嘶力竭，也没有尖锐的质问，只是对他说，她忽然累了，疲倦了，不想再爱他。

他握着手机一直没有出声，直到电话里传来嘟嘟的忙音之后，他才敢说，他其实就在餐厅中一个她看不到的位置，他看着她和家人和谐地谈天说地，忽然觉得自己的出现会把一切都打乱。因而，他在原地一直坐着，直到他们离开餐厅，他都没有勇气迈开双腿。

说到底，这世间都是荒唐的事情。爱情尤其荒唐。

章锦再也没有联系过袁子铭。她每天把头发剪短一点点，忘记一点点。

当然，在不联系他期间，她的生活并不是晦暗一如大雨前的乌云，而是交了很多男朋友。

这些男朋友当中，有的在酒吧萍水相逢，有的是以前的同事，有的是博士生。他们都足够年轻，足够英俊帅气，但是她再也不会用蛮力去爱一个人。对她而言，这些人充其量只是打发寂寞而已。她很清楚，她对这些人的作用也是如此。

如果不是那次例行的体检，她不知道这种只为抵抗独孤的恋爱模式会在何时结束。

此刻，章锦和袁子铭一起坐在他家的沙发里，双手紧握，像是一对贪婪的野兽。

时隔两年，她又一次踏入他的家门。

她看到屋内的陈设和以前一样，眼前的人也不比以前更老。而她不得不接受生活给予她的变故。

他不敢问她，忽然出现的原因，也不敢为两年前的失约道歉，只是频频问她，要不要喝水，旅程累不累。

她闭上眼睛，深深呼一口气，告诉他，她在体检时被检查出患了乳腺癌，已是晚期。为了继续活下去，她必须去医院动手术，把双乳全部割除。

对于爱美的女人而言，这无疑是致命的打击。

章锦害怕到窒息。可是，为了活命，她必须接受和忍受生命给予的剧痛。

这两年中，她自一个人的怀抱，流浪到另一个人的怀抱，终于明白只有他的怀抱最温暖、最结实，也只有他最懂得爱惜她。

所以，她请求他为她拍摄一张照片，把她最美丽时期的身体定格下来。

袁子铭比章锦更悲伤，更害怕。他拿着相机的手，一直在抖动。因而，他不得不支好三脚架，把相机放到上面。

灯光无限柔和，驱赶走试图闯进屋内的黑夜。章锦斜躺在光的阴影中，看着他把摄影器材全部准备好。袁子铭调好焦距，按下快门。闪光灯把章锦眼角的那颗泪，无限放大。

那天晚上，她没有留下来。

她已经把最好的时光留给他，让一切到此为止是最好的办法。

告别之后，他走进自己冲洗照片的暗房。

他已经很久没用胶片拍照片了，所以暗房也落了灰尘。而为章锦拍摄时，他毫不犹豫地选择了胶片拍摄。她的独一无二，只有胶片才能拍出来。

他从相机里取出胶卷，把胶卷缠到冲洗罐的片轴芯上，接着开始水洗。时间差不多后，他注入显影液，掌握着胶片显影的火候，再把显影液倒出。

那时，章锦的身体和流着泪的眼睛，在水中轻轻晃动。

他终于忍不住哭了起来。

初次相遇的一见如故

是默默在琐碎的事情里打转，从一而终地守着一个温吞水般的人，还是在没有激情的生活中抽身而出，与久别重逢的那个人重新燃起篝火，上演一场人间喜剧。

放肆地活一把

我忽然懂得时光的深意。

心中盛有爱情的人，永远不会变老。那场久别重逢，算是岁月对她慷慨的馈赠。

节假日回家，母亲告诉我，村子最南边的彭阿姨正在与丈夫办理离婚手续。

我惊讶莫名。

彭阿姨是村里最受尊敬的女人，年过五十，仍懂得穿衣打扮，出门去小卖店里买一瓶酱油，也要换上得体的衣服，穿上三厘米高的高跟鞋。

在我眼中，她就像张曼玉在《花样年华》中饰演的苏丽珍，下楼买一碗云吞面都会换上妙曼而忧郁的旗袍。

彭阿姨是镇上的老师，虽然已经申请退休，但每逢过节仍有学生上门送上情谊深厚的礼物。

我追问母亲其中的缘故,母亲一边看电视剧一边对我说,这样固执,不顾身份名誉,自然是为了一个男人。

我觉得不可思议,那是怎样的一个男人。母亲接着说,彭阿姨在镇上的中老年人俱乐部里,遇见了年轻时的初恋。

对方也已是头发花白,背脊微驼。他上学时,成绩不好,中学毕业后便跟随父亲外出打工。彼时通讯设备还不发达,两人联系减少,更无机会见面。

时间一年年过去,他们都各自成了家。彭阿姨的婚姻属于家庭包办,与丈夫只见过一次面就定下了婚约。

婚后,虽然两人相敬如宾,但彭阿姨仍觉得缺少些什么。只是,她将那些失落的情愫都埋葬心里,看着两个孩子逐渐长大,也颇觉得安慰。

如今再次相逢,将要熄灭的情愫又被风吹得燃烧起来。

我不禁想,重逢的真意是什么?又如何判断?那些年那么深的缺口,怎么就可以被一次不经意的重逢填补呢?又如何笃定,这个许久未见的人值得我们冒险推翻当下平静的生活呢?

彭阿姨不顾丈夫的挽留,不顾孩子们的反对,不顾左邻右舍的非议与嘲讽,执意要续写这场久别重逢。

剩下的时间已经不多,那么多年都为别人活,如今该放肆一把,为自己而活。

去小卖店帮母亲买洗衣粉时，碰见了彭阿姨。

我向她问好，她惊叹我长这么大了，差点认不出来。

她还是那么优雅，头发卷曲，掖在耳鬓，颈间的珍珠项链闪着淡淡的光泽。

回到家，我问母亲，怎么看待彭阿姨这样处理这件事。母亲愣了一下，又幽默地说道："自然是十分羡慕哪，当初还没来得及有个初恋情人，就遇到了你爸。"

那一刻，我觉得母亲才是真正幸福的人。毕竟，并不是每个人都会在随遇而安的境遇里，培养出相守一生的爱情。

随后，母亲又略带迟疑地问，如果我真遇到彭阿姨这样的事情，并且做出了和她一样的选择，你会阻拦吗？我想了想，应当全力支持才对。

几度重逢才是真

重逢了，结尾了，但何尝不是一种新的开始。

前段时间，影院重放老影片《甜蜜蜜》。

没有走进电影院，而是窝在自家的沙发里看收藏的影碟。

当年上映时，人们给予这部电影极高的赞誉，称其为华语爱情片中不可超越的经典重逢。

爱情之中，有相遇，有相思，有别离，所以，也必有重逢。重逢之后，或是彻底道别，放下心中执念，过属于自己的生活；

或是就此改写彼此命运，再次纠缠在一起。

说不清哪一种结局更好，毕竟无论哪一种都是自己做出的契合心灵的选择。

电影中的李翘想在物欲横流的香港站稳脚跟，黎小军则发愤图强，想要把家乡的恋人迎娶到香港。

他们是同一类人，不甘于现状，誓死要出人头地。

在相互扶持中，他们依赖彼此，陪伴彼此，消除了寂寞，衍生了爱情。

最美的一幕，莫过于黎小军骑单车载着李翘穿过狭窄的街道，李翘在后座上笑得灿烂而纯粹。爱情是这么简单，这么干净朴素。

但是，他们不承认爱情的发生。因为，他们看到对方，就好像看到狼狈的自己。于是，在寂寞和欲望中窜出来的爱情火花，被他们残忍地用冷水浇灭。

挨过艰苦的日子后，他们决绝地各奔前程，挥手再见。那时，他们从未想过会再相遇。

　　很久之后，李翘混得八面玲珑，摆脱了困窘的生活。黎小军也逐渐在香港扎下根，并准备与家乡的恋人举办婚礼。

　　从未想到重逢的两人，终又重逢。他们决定给未曾熄灭的爱情一次机会，隐忍着承受周围人的嘲讽非议，成了一对恋人。

　　分离那段岁月中，他们经历的委屈与荒谬，承受的相思和煎熬，终于一笔勾销。

　　可是，这样的重逢一定是好的吗？总有人受伤的吧。

　　看影片的人多半跟随主角的悲欢而欢笑或是落泪，但站在暗处的配角，同样也有喜乐与悲欢。

　　本以为重逢后选择在一起，就是故事的结局，但故事从来没有那么简单。

　　像是被命运下了咒，他们忍受着内心的剧痛，又一次分离。

　　他们在没有彼此守护的日子里，那些不甘心的愿望，以及隐约招摇着的情愫，都只能被时间的灰尘掩盖。

　　可是，命运并没有那样轻易地放过他们，还是要让他们再次纠缠在一起。

　　是的，他们又相遇了，在各自以为几乎忘记彼此的时候，在几乎骗过自己的时候。

　　异国的街头，风还是那么凛冽，人们还是那么冷漠，但是他们在看见彼此的那一刻，眼神中又充满了光。

他们笑得灿烂而辛酸。这一次，这一次再也不放走对方。

影片至此落下帷幕。

愿相爱的人永远牵手

愿你不管在何种境遇之下，都被爱情包围。

愿与你久别重逢的人，带给你初相遇的美丽与惊喜。

所有人都想与相爱的人相守一生，但那真的是太困难的事情。

上天赐给情侣更多的，不是甜到发腻的浪漫，而是一个个让人灰心绝望的关卡。如果迈得过去，爱情会更坚固一层。如果就此被卡住，两人则会寄希望于与别人的久别重逢。

那么，哪种爱情，才算是真爱呢？

是默默在琐碎的事情里打转，从一而终地守着一个温吞水般的人，还是在没有激情的生活中抽身而出，与久别重逢的那个人重新燃起篝火，上演一场人间喜剧。

或许，我们会选择后者。可是，后者在以后漫长的岁月中，一直是新鲜的吗？不会落上尘土，不会变成温吞水吗？

或许，这就是爱情的魅力吧。足够新鲜，才算是爱情。那些被生活磨掉棱角的相守，似乎只能算作是生活，它与爱情并不沾边。

可是，即便如此，我们还是对爱情抱有希望，对生活抱有幻想。

愿你的生活，配得上你的傲骨

她不想再让母亲做自己生活的导演，她要学着自己当导演。至于这段即将开始的婚姻，或许一开始就是个错误。

1

夏湘芹下班回到家，眼尖的母亲发现她左手的无名指上多了一枚钻戒。

母亲急忙放下手中的拖把，将夏湘芹拖到洗得发白的沙发上，开始细细端详那枚戒指。

"成色似乎不够好，净度似乎也不够纯，关键是克数不够大，戴出去没有面子，显得蔡奕风太小气。"

一辈子围着灶台打转的母亲，显然对女儿小家子气的戒指不满意。

夏湘芹一向顺从母亲的心意。她知道母亲将没有实现的愿望，都寄托了在自己身上。

在这个人人都修得一门巧言令色功夫的社会中，父亲老实得有些迂腐。

作为一名出租车司机，他遇上孕妇或老人这类乘客，总要做无私奉献的雷锋，将车速降至最低，无偿将其送往目的地。

因而，街坊邻居陆续搬离这个破旧的地方，而他们一家三口仍挤在四十平方米的房间里。

狭窄的厨房，粘满油渍，白色的墙壁全然变成灰黑色。仅有的一套木质家具，还是奶奶留下来的陪嫁品。卧室只能容下一张床，多进来一个人都觉得空气稀薄，让人有窒息之感。

母亲时时有怨言，为一生就这样狼狈度过而心有不甘，但又不得不认命。

街坊邻居在搬家时，总要摆足排场请客吃饭，以一种居高临下的姿态与留下来的这群人们话别。而留下来的人们在举起杯子时，难免要说些祝福的话，但语气酸之又酸。

母亲每次吃完饭回来，脸上都有挥之不去的抑郁之气，咬牙切齿地说丈夫不争气，不会钻营，又吩咐女儿做出点成绩来灭灭人们的威风。

夏湘芹深知母亲心思，知道母亲将她养育大并不容易，因此事事不忤逆母亲。

在学校时，功课门门得优，成绩位列年级前三。高中毕业，考入国家重点大学。四年大学生涯，将她塑造得更加优秀。在同学们都在为工作焦头烂额时，她早已收到世界知名企业的 offer。

她知道穷人家的孩子，只有这一条路。同时，这样努力的缘由，便是想让母亲在与别人话家常时，抬得起头。

她并不知道，她为了迎合和满足母亲一直在做自己不喜欢的事。

2

母亲仍旧掰着夏湘芹的手指指点那枚钻戒，挑剔它的款式和色泽。夏湘芹赔笑，问母亲觉得怎样的款式合适，等周末的时候可以陪她一起重新挑一款。

母亲又自怨自艾起来，说自己搬不上台面，进入市中心的大商场总有种刘姥姥进大观园的感觉，还是让夏湘芹自己去选一款。

原则即是：戒指一定要亮，钻石一定要大，戴出去要能让人一眼便注意到。

但夏湘芹从来都不愿戴浮夸的首饰，她认为首饰只是起衬托作用，最忌戴在身上有喧宾夺主的嫌疑。而母亲的生活枯燥得如同寸草不生的荒原，寂寞而乏味，看到女儿生活得越来越鲜活，自然要掺杂些自己的意见，好让自己有重生之感。

夏湘芹明白她的苦楚，即便心有不满，也不与她起争执。故而，在下个周六到来时，她约上蔡奕风去选新戒指。好在蔡奕风性格和顺，对未婚妻格外顺从，有自己为之努力的事业，家境也在都市中属于上等。

可是，富裕的家庭，在夏湘芹母亲看来，又是一桩坏事。

母亲认定，夏湘芹嫁到蔡家，属于高攀。在婚姻之中，如若门不当户不对，往往叫男方小觑。况且，夏家嫁女儿，拿不出丰厚的妆奁。这让她觉得万分懊恼。

3

夏湘芹的母亲在女儿出嫁这件事情上，充分展现了导演的天赋。她想掌控和操纵一切。

母亲看到夏湘芹按照她的吩咐换了一个大而亮的戒指，满意万分。而夏湘芹并没有预料到，这只是开始而已。她的婚事，并不由她做主。

母亲和街坊邻居炫耀女儿嫁了好人家，那些嗑着瓜子的妇人们则酸溜溜地要求在市里的豪华酒店里请客。母亲随口就说："没问题，一定要来捧场。"说罢，她便吐出嘴里的瓜子壳，拿着蒲扇回了家。

回家之后，她的神色慌张可怖，不敲门便闯入了夏湘芹的房间。

那时，夏湘芹正在午睡，听到母亲慌慌张张的动静，猛然被惊醒，以为家中发生火灾之类的祸事。而对母亲而言，比火灾更恐怖的事情是在街坊邻居面前丢失所谓的面子。

母亲扶住女儿的肩膀，紧张地问她结婚酒宴定在哪里，是不是已经安排好，上不上档次。

夏湘芹不禁同情起母亲来，为这么一点小事就要惊慌失措，以为在这些世俗的邻居面前抬起头来，就站到了世界中心。

她定一定神，心平气和地告诉母亲，她和蔡奕风都是害怕赴宴的人，他们已经决定要旅行结婚，领取结婚证后便飞往欧洲度蜜月，不打算办结婚酒席。

母亲一听，情绪完全失控。

她想的是，如果不办酒席，人们怎么知道女儿结婚，怎么知道她嫁给了一个怎样的人。邻居定然会说三道四，在背后指指点点。

而夏湘芹这一次的态度也极其强硬，她虽理解母亲的担忧，但是丝毫没有妥协的意思。手上那枚亮得刺眼的钻戒，已让她觉得是个累赘，显得极其轻浮。

人固然是群居动物，但生活终究是活给自己看的，不必太过理会他人的看法。

即便如此，夏湘芹在和蔡奕风商量蜜月事宜时，还是不着痕迹地提起结婚酒席的事情，毕竟母亲的意见也很重要。

但蔡奕风并不是任人随便捏来捏去的主，即便是他的未婚妻，他也会在某些事情上坚持自己的原则。因而，酒席的事情，根本没有商量的余地。况且婚期临近，各个豪华酒店皆须在半年之前预订，现在已订不到好日子和好位子。

尴尬过后，他们定下双方父母见面的日期，然后像往常那样牵着手在商业街上随意游荡。等到天色暗了的时候，他便开车将她送回家中。

4

他们是相爱的。

她并不像母亲那样看低自己，她有自己喜欢的工作，收入不菲，能用双手和智力养活自己。与蔡奕风恋爱，不过是为干瘪的生活注入一些养料，好让其饱满丰富一些。这其中并不存在谁卑微，谁高贵的问题。

而这正是蔡奕风欣赏她的地方。不依附于他，却能捧出真心去爱。这样的爱，不存在利益的争逐，也不存在所谓的高攀。他们爱得坦荡荡。

可是，母亲长期被围困在一个穷困的家庭中，心胸自然狭窄，再加上更年期的缘故，更觉要把女儿的婚礼办得体面，以弥补这么多年来自己的缺失。

因而，当夏湘芹对母亲说下周日要和蔡奕风的父母一起吃饭时，母亲又一次踌躇凌乱起来。她先是在厨房里忙着归置厨具，其实厨具已经摆得足够整齐。而后她又开始拖地板，其实地板刚刚拖了不到半小时。

夏湘芹夺过母亲手中的拖把，问她到底在顾虑什么。谁知她竟挤出眼泪，说蔡奕风的父母都是高级知识分子，有身份有地位，而丈夫和自己不过是出租车司机和出租车司机的妻子，害怕被他们看不起。况且，很久不出门，连一件像样的赴宴的衣服都没有。

夏湘芹啼笑皆非，再次强调自己出嫁不是高攀，蔡奕风的父母很随和，担心被他们耻笑实在是杞人忧天。至于赴宴的衣服，夏湘芹表示下班回来后就可替父母置办好。

母亲的忧虑并未散去，认为穿着簇新的衣服去赴会，太过刻意古板，更显得滑稽可笑。

夏湘芹只得把这个烂摊子交给父亲，转身走进了自己的小屋。

她忽然感到前所未有的压力。

这种压力来自于母亲因贫乏的时光而带来的永不满足和永远挑剔。

5

第二天下班回到家，夏湘芹把两套衣服分别递给母亲和父亲。

父亲把名贵的西装穿在身上，对女儿深表感谢。而母亲穿上新衣之后，又问蔡奕风母亲穿什么衣服，梳什么样的发式，穿什么样的鞋子，搭配什么样的手袋，生怕自己会被嘲笑为乡下佬。

夏湘芹没办法，只好又替母亲买了一双三厘米高的黑色高跟鞋和一款市面流行却不高调的手袋，然后又把母亲带进理发馆，给她做了适合她的发式。

赴宴那天，父亲向出租车公司请了一天假，并借用了一天出租车。

母亲坐在车上，脸上是阴沉的怒色，嘴里不住地说人家开的车是宝马之类的闲话。

夏湘芹深知母亲心中苦楚，因而任由她说出来，自己并不接话，也不叫她住口。

他们一家三口走进约定好的餐厅后，看到蔡奕风一家已经坐在座位上。蔡奕风的父母都友好地站起来，与夏湘芹的父母相互寒暄问好。

点好的菜陆续端到餐桌上，夏湘芹看到母亲正襟危坐，脸上一点笑容也没有。蔡奕风的母亲把一块鸭肉夹到她的餐盘中，她也只是机械地笑笑，甚至连句"谢谢"也忘了说出口。

夏湘芹急忙把一块烤鱼放到蔡伯母餐盘中，蔡伯母眯着眼睛笑起来，夸奖夏湘芹懂事。夏湘芹的母亲这才意识到自己失礼，面容涨得通红，对自己恼怒至极。

正当大家有说有笑气氛格外愉快时，夏湘芹的母亲冷不丁说了一句："听说你们不打算办结婚酒席？"

夏湘芹猛地转过头去看着母亲，母亲却丝毫不理会。

夏湘芹知道这一刻还是来了，想要躲的事情，终究是逃不过的。

蔡奕风看看未婚妻，又看看自己惊愕的父母，尽量压住内心的火气，平和地说道："伯母，这事我已经和湘芹商量好了。我们旅行结婚，登记注册后就去度蜜月。"

夏湘芹的母亲犹自不让步："等你们蜜月回来，再办结婚酒席也不迟，总比没有要好。结婚总得有结婚的样子。"

蔡奕风的父母面面相觑，自然不说话，夏湘芹想不到母亲会让她这样难堪，一时也不知说什么。唯有蔡奕风保持君子的风度，战战兢兢应对未来的丈母娘。他回答："关于这件事，我再和湘芹商量商量。"

"这件事不用再商量了吧。"夏湘芹的母亲依旧紧紧相逼。

恰在这时，夏湘芹的父亲把手中的饮料碰倒，洒到她的袖口上。夏湘芹见势让父亲拉着母亲去洗手间擦擦。

他们一走，餐桌上又恢复融洽的气氛。每个人都心知肚明，却不说破，仿佛刚刚那惊心动魄的一幕没有发生过一样。

6

她的母亲和父亲出来时，这顿饭已吃到尾声。

蔡奕风将未婚妻一家送到出租车停着的地方后，转身就往回走。以往，他并不是这么不注重礼节的人，可见这次是真的触及了他的底线。

他回到父母身边，母亲则闲闲地说，没想到亲家这么不好相处，以后有了孩子后，不要把孩子送到外婆家照看。

他听得很清楚，这即是说对夏湘芹母亲不满意。

夏湘芹一家在回家的路上，一味沉默。父亲只顾开车，不敢去招惹妻子，这么多年来，他知道自己没有本事，只得处处让着妻子。

母亲木着一张脸，半晌只说了一句话："酒席必须办。"

夏湘芹用手支着头，长时间看着阴沉的窗外，没有回答母亲的话。

回到家，夏湘芹把自己锁到自己的小屋里，摘下无名指上的戒指，将其放回戒指盒里，并把重要的东西收拾到一个纸箱子里，决定第二天搬出去。

她不想再让母亲做自己生活的导演，她要学着自己当导演。至于这段即将开始的婚姻，或许一开始就是个错误。况且现在出了这件事，蔡奕风也未必还想娶她。

灵魂要丰满，欲望需清瘦，生活才不至于失衡。

晚上吃饭的时候，母亲递给夏湘芹一个名单，告诉她这是酒席将要请的客人，大概八桌。

"我不结婚了，所以也不用办酒席了。"夏湘芹斩钉截铁地说道。

2

纷纷扰扰，
全留给世界

好朋友，男朋友

把蓝颜或是红颜发展为伴侣的人中，有大约三分之二已经分手，成为真正的陌路人。

我问他们是否觉得可惜，他们则答非所问，只是说当初不应该进一步发展。

蓝颜和红颜，想必是这个世界上最暧昧的词汇。

比普通的朋友，距离近一点；比伴侣的关系远一点。

本来，这些人是没有名分的，他们夹在一些人的中间，处于不尴不尬的位置。需要他们的时候，就将其招来，把心中的苦水或是意外之喜全部倾倒给他们，全然不管他们是不是会接受。不需要他们的时候，就当他们不存在，自己则在自己的世界里无限欢愉。

久而久之，他们有了合适的名字，蓝颜或是红颜。恰如其分，好听得让人甚至忘记他们暧昧的尴尬身份。

所谓的红颜或是蓝颜，或许是你暗恋的人，或许是你想以另一种光明正大的借口永远陪在身边的人。无论是哪一种，都有"情"蕴含其中。但因各种各样的理由，比如相遇得太早，或是相遇得太晚，你们没有在一起，便退而求其次以这种暧昧的身份保持亲密的联系。

如若说得直白一点，蓝颜或是红颜的另一个名字，应该叫作：备胎。

有段时间闲着没事儿做，我曾在熟识的朋友，以及朋友的朋友那里做过一个调查。调查的内容即是：你有没有蓝颜或是红颜知己，你认为这种友情以上恋人未满的情意，会不会长存。

开始的时候，朋友们都有些扭捏羞涩，不愿吐露内心真实的念想。

我深知人们心理，明白若想要对方敞开心扉，自己必须先打开心门，将人们不知道的心事倾倒出一些。如此，人们才会感受到你的诚意，继而相信你，毫无忌惮地向你倾诉你想要听的事情。

大半个月的时间，我大概访问了五十位朋友。这些人当中，有单身的，有男友或是女友但未婚的，以及已经结婚的。

调查结果如下：

1

其中，有三十八位朋友表示，有蓝颜或是红颜。这些人当中，又有三十五位朋友表示这样的友谊，一定不会长存。

这样的结果，并不令我感到惊讶。我只是从中得到确证。

2

这些拥有蓝颜或是红颜的朋友，多半集中在单身男女中。

因为感到孤独，需要有人做伴。但因不愿将就，只好把那个人降为蓝颜或是红颜。而对方恰好对自己有意，也便退而求其次，以最好的朋友的身份坦然站在自己身旁。自己的欢愉或是悲伤，都可以说给对方听，权当是一种发泄或是分享。而对方因能听到喜欢之人的心事感到万分庆幸。

其实，说穿了，两人不过是在自我麻痹而已。

因有一人动心，友谊自然不纯，而不纯粹的东西，则难以持久。

人们都知道疏远是必然的结局，但还是过一日算一日。至少，对方能排遣寂寞。

3

问那些已经有男友或是女友的人时，他们则表示，在单身时曾经有过蓝颜或是红颜，但自己找到伴侣后，便渐渐与他们疏远。即便是联系，也似乎变成了客气的寒暄。

4

问那些已婚的男人或是女人时，他们都表示：非常希望有蓝颜或是红颜。

言外之意则是，他们没有拥有蓝颜或是红颜的机会。蓝颜或是红颜，都太危险。胆敢越雷池一步，或许就会酿成不可挽回的错误。

况且，婚后的红颜或是蓝颜，多多少少带了情人的意味。即便不是实质意义上的情人，对和谐的夫妻关系也具有致命的影响。毕竟，少有人理智到能把妻子与红颜的关系处理得那么清楚，也少有妻子大度到能心甘情愿接受丈夫的生命里有一个比自己还要亲密的女人。

同样的，男人更是小气的动物。他们绝不允许妻子拥有一个蓝颜知己。如若有，那则表示自己没有足够的能力让妻子生活得幸福。这对男人而言，是比任何事情都有损尊严的事情。

况且，如若不是对已婚人士有未曾泯灭的感情，谁也不会愿意去做一个无名无分的蓝颜或是红颜，当对方的垃圾桶或是回收站。

5

这些人当中也存在将蓝颜或是红颜发展为伴侣的人。

在做知己时，有意的一方无微不至地关怀另一方。另一方要等的人迟迟不出现，最终心灰意冷，后被知己感动得痛哭涕零。意念薄弱的时候，终于答应与对方做男女朋友。

发展为伴侣的人，先前那种暧昧神秘的关系便会渐渐消失，种种伪装也慢慢褪去，两两相对时，或许会不经意间升起一丝悔意。但是，后悔已经来不及，只能这样不甘不愿地挨下去。如若两人分道扬镳，双方损失的不只是一份友谊，也有一份虽未成熟但曾安慰过彼此的爱情。

　　把蓝颜或是红颜发展为伴侣的人中，有大约三分之二已经分手，成为真正的陌路人。

　　我问他们是否觉得可惜，他们则答非所问，只是说当初不应该进步一步发展。

6

　　前些天跟着闺蜜去参加她大学宿舍同学的婚礼，本来这场婚礼与我没有任何关系，我也没有收到请柬，但因为婚礼的地点在洱海，我便打着旅行的名义去参加婚礼了。

　　婚礼的场面，常常少不了哭泣。新娘的父亲哭得最惨烈，他被女儿挽着从婚礼这一端走向另一端，再把女儿的手郑重地交给新郎时，便泣不成声。在场的女人也跟着潸然泪下，男人们则忙着递纸巾，紧紧握住身边人的手。

　　而坐在我们这一桌的一个男人，在自己手中攥着一大叠纸巾，不断地擦拭泪流满面的脸。

　　我觉得这场面极其滑稽，但又不好当众问闺蜜这是怎么一回事。

酒席散了后，我和闺蜜买了船票在黄昏下的洱海游荡。清风带着微醉的味道撩拨我们的头发，无常而暧昧。

　　我坐在船中，忽然想起婚礼上那个哭得不能自已的男人，便懒洋洋地问闺蜜，那个男人是谁，他为什么哭。

　　闺蜜说，这是迟早的事情，只是她没有想到他会哭得那么凶。

　　大一时，他曾追求过她，但遭到拒绝。于是，他变为她的男闺蜜，帮她排忧解难，陪她逛街看电影，甚至帮她打探她喜欢的男生的心思。

　　我们都以为她会被他感动。但很可惜，

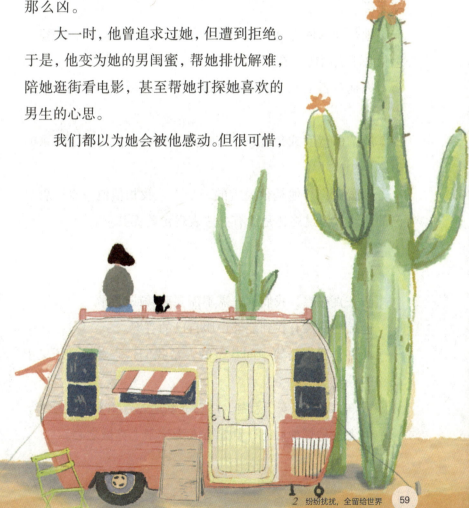

这一幕并没有发生。

她有了男朋友后，他们的联系虽比以往少了，但遇到烦心事时，她还是第一个想到他。

两人坐在操场的阶梯上，一坐就是好几个小时。等到不得不回宿舍睡觉时，她发现烦恼已经在不知不觉中消散得无踪无影。

她曾经为此感到害怕，害怕依赖他。但她清楚，依赖的感觉并不会时时存在。更重要的是，依赖也不是爱。

拖拖沓沓七八年，她终于成了别人的新娘，他也终于失去了她。

所谓的蓝颜或是红颜，终究成了没有任何实质性关系的陌路。

闺蜜说："他是很稳重的一个人，我相信他一直压着自己的情绪，但最终还是没有办法表现得若无其事。"

7

我一直在想，我们到底需不需要蓝颜或红颜。

但最终都没有找到能够说服自己的答案。

或许，我们需要中间状态的人帮我们把寂寞的日子染上缤纷的颜色。

或许，我们该安于寂静，一心一意地等着相爱的人赶来。

但无论是哪种心态，都愿有人为你奉上赤诚之心。

只想与你虚度时光

一只碗，一把木椅，一片叶子，一片空地，一架古老的缝纫机，都是你灵感的来源。摄影界的行家纷纷说你的摄影风格有所改变，你但笑不语。

看世界的角度发生变化,创作出来的作品自然有所不同。

你最爱去的地方，就是咖啡馆。

提着一台轻薄的电脑，在最安静的座位上，一坐就是一整天。

你不看窗外穿梭不停的车辆和人流，也不关心咖啡馆里都坐着谁。你只是沉浸在自己的世界里，喝凉掉的咖啡，后期处理在世界各地拍摄的图片。

你在世界各地奔走，流浪，却始终觉得自己与世隔绝。

在你看来，人与人之间永远无法沟通，所谓的理解不过是自以为是的理解。

所以，你在别人眼中，是那么高傲冷漠，不可接近。

五岁的时候，航海的父亲给你带回来一只木船模型，三层高。

你问父亲，这只船是不是可以带你去任何想去的地方。

父亲郑重其事地点点头，问你想去哪里。你回答说，很远的地方。

　　父亲只当你是个孩子，他以为你所说的很远的地方，不过是外婆家。而你似乎已经当真，要坐着这只木船去远方。虽然你并不知道远方的风光，是不是自己想看的。你只是单纯被远方吸引。

　　幼儿园里，老师问你，收到的最好的礼物是什么？你回答说，木船。

　　十岁的时候，同班同学放学后，总会成群结伴跑到村外的溪边玩水，而你总是自愿落单。

　　你习惯沉默寡言，在自己的屋里画画。墙壁上贴满你有些幼稚的画作，你甚至请求母亲把那张画着木船的画用玻璃框裱起来。

　　你慢慢长大，木船却没有随你一起变大变高。但你并不悲伤，而是在纸上画了一张很大的木船。你为它上了色彩，那是大海的颜色，蓝得近乎透明。

　　母亲说，木船不应该是这样的颜色，如果它在大海里迷失方向，就不容易被搜寻到。你并没有反驳母亲，但你在想，木船本就属于大海。

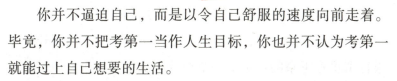

　　父母与老师都很担心你，害怕你患忧郁症。你不去理会，只是在自己的小世界里探险。

　　十五岁的时候，你已经上初中，功课中等偏上，老师一再鼓励你，再努力一些，就有望考上重点高中。

　　你并不逼迫自己，而是以令自己舒服的速度向前走着。毕竟，你并不把考第一当作人生目标，你也并不认为考第一就能过上自己想要的生活。

　　你最喜欢的课程是地理。经线、纬线、时区，你一点即通。四大洋分布在哪里，五大洲的风俗人情如何，法国巴黎和中国的北京相差几个小时，你一清二楚。

　　老师让你传授学地理的秘诀，你站在讲台上不知如何应对同学们热切的目光。踌躇许久，你终于简单而吞吐地说道，只要有兴趣就能学好。

　　这是你的信仰，做自己喜欢的事情，并将其做到最好。

　　二十岁的时候，你暗恋一个女孩儿已经两年，但你知道那个女孩儿有喜欢的人。

　　你读过很多书，书中告诉你，暗恋是一个人的事情。如果你爱她多过她爱你，最好的办法就是不让她知道。

你一直秉持这条原则，远远地观看，远远地守候。在这期间，你终于明白，爱情不止一种滋味。被丘比特用箭射中的时候，你最真切的感受是疼痛。

你曾想把这个秘密说给树洞听的，但你总感觉秘密会在秋季随着树叶飞到每个角落。与其如此，你觉得倒不如说给她听。因为已经预知结果，你格外平静坦荡。

你对她说，我喜欢你，但祝愿你得到自己想要的幸福。她感动得落泪，你觉得这已是最大的回馈。

你们没有在一起，但你自此懂得了爱情。

二十五岁的时候，你辞去写字楼里薪水诱人的工作，用银行卡里存下来的钱买了一个单反，决定做一个自由游走的背包客。

你说，任何人都是这个世界的过客。如若真正想做一名过客，首先要路过。

你打通家里的电话，对父母说抱歉。父母虽感到无奈与担心，却没有强加阻止。

你庆幸有这样开通的父母，让你的生命独属于你自己。

在收拾行李的时候，你看到桌上那只木船，只有拳头那般大小。你小心翼翼地把落于上面的灰尘擦去，把它装进背包里。

火车开动的那一刻，你轻轻对前面未知的世界说："好久不见"。

三十岁的时候,你已经游历过很多国家。柬埔寨的吴哥窟,尼泊尔的佛龛,日本的东京塔,法国的尼斯小镇,意大利的玻璃岛,非洲的肯尼亚,靠近北极圈的冰岛,都在你的单反中留下过印记。

你将图片背后的故事用简单的文字记录下来,与这些图片一起寄给摄影杂志社。

杂志社毫不犹豫将其出版,付给你稿酬。你并未想到,你的摄影图片一经出版便在摄影界掀起轩然大波。

媒体记者通过出版社联络到你,要求对你进行采访。你并不想自己的生活节奏被打乱,因而果断拒绝。记者并不放松,一再以更好的条件交易,你只能换掉电话号码。

在你看来,这并不是孤傲。

与世界交流的方式有很多种,有人擅长哗众取宠,有人擅长豪取钱财。而一直行走,并把看到的美景拍摄下来,是你最擅长的方式。

三十五岁的时候,你接到父亲的电话,得知母亲病危。

那时,你正在美国一号公路上自驾。那条路那么长,路两边的云彩毫不留情地压下来。你用力踩下油门,奋力向前奔驰,把前面的风狠狠甩在身后。但你知道没用,路永远没有尽头,人的生命却可以随时燃尽。

坐了十几个小时的飞机,你带着那只木船回到家。家乡的一切似乎都没有改变,但退休的父亲已经老得不成样子。

　　你和父亲坐在母亲坟前的空地上，说这些年芝麻大小的事情。父亲的右手夹着一支烟，却一口也没吸。

　　他知道你还会走，虽然不舍，却没有阻拦。你也知道自己还会走，虽然心里有愧意，却没有留下。

　　在离开的那一天，父亲说，该成家了。你说这种事情要看缘分。

　　你们都没有让对方看到自己的眼泪。

　　四十岁的时候，你在摄影界更有名望，甚至在荷兰办了一场摄影展。

　　前去观看的人，多数是来自世界各地的行家，以及一些中国的留学生。他们都向你要名片，你摊摊手，表示这些摄影图片就是你的名片。

　　你真的成了世界的路人，路过世界各地却不停留。

　　但你并未想到，有人会在你最不设防的时候，突然闯进你的生命。

　　那时你在攀登阿尔卑斯山，山上大雾弥漫，漫漶不清。你以为那天只有你独自一人，但其实后面有一个女人一直在追随你的脚步。

　　天气忽变，下起大雪。你始料未及，却不得不紧急应对。跟随在你身后的女人，显然比你更懂得如何处理这种情况。

　　她是那么沉着，那么冷静。在最接近死亡的时刻，惯于漂泊的你忽然渴望身边有一个爱人，有一个家。

　　一夜的呼啸之后，风雪终于过去。你和她都不曾想到，会再次迎来黎明。在那一刻，你们紧紧拥抱在一起。

四十五岁的时候，你的女儿三岁。在她生日那天，你把珍藏着的那只木船送给了她。

你很少远行，拍摄的对象由流动的风景变成静默着的物品。

一只碗，一把木椅，一片叶子，一片空地，一架古老的缝纫机，都是你灵感的来源。摄影界的行家纷纷说你的摄影风格有所改变，你但笑不语。

看世界的角度发生变化，创作出来的作品自然有所不同。

五十岁的时候，你忽然觉得自己老了。

前面的路若隐若现，不知是平坦还是崎岖。

妻子坐在你身旁，轻轻握住你的手。女儿放学回家，把刚学到的一首歌唱给你们听。

你想到，即便现在去世，也没有遗憾。

回望这一生，你满心感激，感激岁月给了你太多惊喜。

高冷是你的外表，温暖常驻你的内心。

过去的时光都变成了往事，未来的时间还在你手中。或遇晴日，或遇风暴，你皆能平心静气地面对。

时间风驰电掣，世界狂浪拍礁，唯独你守护着微小的幸福，和最爱的人一起虚度时日。

有幸被爱，人间值得

对于生活中那些琐事，我们学会忍耐与包容对方；
对于那些艰难的岁月，我们用坚持与坚守支持对方；
对于那些性格上的差异，我们任其存在，并给予尊重。

1

阴差阳错，在大学期间，他们通过微信相识。

他在北京，她在湖南。

在日复一日的聊天中，他们对彼此的好感逐渐升华。

在那样虚无缥缈的时光中，他们都曾感受过无与伦比的快乐，也曾在无数个失眠的黑夜害怕。

他们不断地靠近，为彼此一点点地打开心门，却又在最危险的区域站定，不敢往前走。

联系近三个月后，他要到了她的电话号码。

第一次通话时，他们都有些语无伦次，占用时间最长的都是些无聊的废话，诸如是不是吃过饭了，天气怎么样。放下电话后，他们又打开微信，为自己尴尬的表现做出些许解释。那时候，她在学校的图书馆做兼职，每天晚上整理书架。忙碌起来连喝口水的时间都没有，闲下来时又觉得时间过

得太慢。

　　不知从何时起，在那些有时忙碌有时又无聊的晚上，她总是能准时接到他的电话。在电话里，为了避免找话题的尴尬，他开始给她唱歌。

　　她听他歌声的时候，总是偷偷地溜出图书馆，坐在图书馆前面随意一辆自行车上。

　　那些歌大多是校园民谣。他唱的时候，她就感觉自己的心里有一把伴奏的吉他。一切都是那么和谐。

　　这是爱情的前奏。

　　前奏过后，必然迎来高潮。整整一年之后，他们走过不算短的道路，终于由微信和电话里的知己，变为情侣。

　　大学渐进尾声，感情与日俱增。每天有打不完的电话，聊不完的微信。她省下生活费攒一张从湖南到北京的火车票，千里迢迢地去看他。

　　她像是着了魔一样，把整颗心扑到他身上。可是他们中间隔着太远的距离，彼此看不到对方的喜怒哀乐。即便知道对方受委屈，也只能给予最无力的安慰。

宿舍姐妹心疼她，而她不以为意。最终为了他，她与姐妹们针锋相对。

微信、电话、几次数得过来的见面，以及姐妹们众志成城的阻挡。这是她大学时代爱情的全部。

毕业那一年，宿舍姐妹找到稳定的工作。而他已在北京安置好一切，对她说道："来北京吧，我会对你好。"

就这样，她放弃导员给她介绍的工作，提着行李义无反顾地朝他奔去。

2

两个人都在北京工作。

从租住的地方到公司，需要换乘两次地铁和一次公交，用时大概两个小时。

租住的房子，在五环边上的一个小村庄里。大概十平方米大的地方，除了一张床，很难再放下其他东西。

没有厨房，只能把锅碗瓢盆放到床底下，做饭的时候再拿出来。没有卫生间，半夜惊醒后，还要穿厚重的衣服走五十米的路程，才能上一趟厕所。

两人曾经计划去一次坝上草原，那是他们毕业那一年说要去的地方。

他规划路线，打电话咨询旅行社，做资金预算。她兴奋不已，翻箱倒柜找自己最漂亮的衣服。然而，那次出游计划最终泡汤。

其实，一趟到坝上的旅行只需八百元，但他们还是负担不起。

那一年她过生日，想吃一个草莓奶油蛋糕。熬到下班回家，她看到桌上放着的是路边摊上烤的干面包。

他们没有去过电影院看电影，没有去过 KTV 唱歌，没有去过高档餐厅吃饭，没有喝过小资情调的下午茶，也很少去商场逛街。他们把大部分时间都用在上班和加班上。

她的父母打来电话问他们的情况，她声音高亢，报喜不报忧，兴奋地对家人说他刚刚升了职，领导很器重，工资翻了整整一倍。

放下电话，她整个人瘫下来，哭得撕心裂肺。

贫贱夫妻百事哀，这句话说得一点都没错。他们渐渐变得斤斤计较，为一块五毛钱的白菜和土豆吵得不可开交。

3

他们是情侣，但性格迥异，兴趣相去甚远。

她好静，可以在旧书店泡整整一下午。他好动，最爱在周末去大学的篮球场打篮球。

她文艺得一塌糊涂，经常在格子铺淘一些没有用的小摆件。他理智得一丝不苟，把所有的东西都分为有用和无用两大类。

她经常羡慕古老年代的人，随便一件小事都可以写成一首优美的诗。他则庆幸自己活在当下的时代，科技发达，交流方便。

平日里，她经常沉默寡言，喜欢把心事藏在肚子里。他则絮絮叨叨说个没完，在网上看到的笑话必须要讲出来才痛快。

他们仿佛不是一个星球上的人。

4

在商场里的冷饮店里，我把这些讲给低年级的师妹顾筱雨听。

我们从同一所大学毕业，她现在是高中老师，因培训来到北京。

在大学时，我和她都是文学社的成员，因为共同的兴趣爱好而关系亲密。

她在培训之余时常来找我，有时我们一起去逛街，有时我们则窝在我家里看电影。

每次见我，她都一副羡慕我羡慕得要死的样子。

我知道她的羡慕从何而来。

我们出门逛商场时，男友总会叮嘱我带上一把遮阳伞，并在我包里装一瓶健胃消食片，他知道我的胃一直不好。因为怕地铁太挤，他会开车把我们送到商场，再一个人开回去。

逛街回来后，他接过我们手上大包小包的东西，给我们递上拖鞋。等我们把自己扔进沙发里时，就会看到他已经把玫瑰茶水端到茶几上。

如果我和顾筱雨窝在家里，他就从超市买来新鲜的水果和一些有利于消化的山楂片。我们因影片的情节笑得前俯后仰，他则在一旁给我们削水果，并准备丰盛的晚餐。

晚上顾筱雨回自己住的地方时，他会和我一起把她送出去。然后，我们牵手去附近的公园里散散步。美好的一天就这样过去。

在顾筱雨的眼中，我们是最完美的情侣。没有争吵，没有误会，相亲相爱，风平浪静地向前走着，会一直走到白头。

至今，她仍是独自一人，下班后没带伞，只能在雨中奔跑；深夜辗转难眠时，只能重温老套的韩剧；和学生一起参加运动会时扭伤脚，还要一个人一瘸一拐地做饭。

她问我，怎样才能找到像我和男友那样没有伤害的爱情。

于是，我给她讲了上面三段故事。

讲完后，我问她，如果让她选其中一种爱情，她会选择哪一种。或者说，她觉得上面哪一种爱情会走到最后。

顾筱雨一边喝着冷饮，一边皱着眉头说道："哪一种爱情都不如你们的好。"

5

商场里人来人往，情侣紧扣双手穿梭其中。我们所在的这家冷饮店里，多半也都是面对面坐着说甜言蜜语的情侣。

这确实是一个爱情溢满的时代。

我安静地等着顾筱雨解释为什么觉得我所讲述的三种爱情都不好。

她思索了一会儿，终于说道，第一种爱情太幼稚。她不否认大学时期的恋爱是透明得没有杂质的，但认为电话里几句歌声，微信里几句甜言蜜语，仅有的几次见面就是爱情的全部，未免有点太自以为是。

况且，第一种爱情又是异地恋，彼此所看到的所感受到的，都是对方极力表现的好的方面，对方喜欢的也是这些好的方面。然而，一旦两人长期相处，那些缺点就会慢慢溢出来。到那时，谁也不能保证，他们喜欢的是想象中的那个人，还是眼前这个优点与缺点并存的人。

至于第二种，似乎更看不到未来。两人在一起生活，信任与信心最重要。但是，顾筱雨认为他们的生活现状太难改变。

在那种境遇中，他会因自己无法给她更好的生活而心生愧疚，而爱情之中一旦具有愧疚之心，就很难维系下去。她呢，她必须得时时顶住父母给予的压力，为他塑造一个不断进步的优秀形象。而在这个过程中，她只得在担惊受怕中过日子。美好的爱情，又怎容得下担惊受怕？

如果这种境遇无法改变，他们则会为鸡毛蒜皮的小事无休止地争吵下去。而如果境遇得以改善，他们也难保会在崭新的生活中迷失方向。

第三种爱情，应该是一种煎熬吧。

一个"懂"字，几乎涵盖了爱情所有的意义。彼此看得清眼睛深处的那片欢喜或是忧伤，是情侣们最看重的事情。如果两人从来不在一个频道上，他说体育赛事，看成语接龙的她又怎么听得懂，又怎么能分享他极具律动感的心情。

或许最初的时候，两人都不介意彼此之间存在的差异，以为相爱就足够。但是，随着相处时日渐久，他们之间那道差异的裂缝定然会越变越宽，以至于他们因此而分开。

　　我认真地听着顾筱雨条分缕析地解说那三段爱情，其间没有插一句话。

　　她说完后，便反问我最看好哪一种爱情。我把有些散乱的头发掖到耳后，认真地说道：

　　"我觉得哪一段爱情都有可能走到最后。因为，这是我和男友爱情的三个不同阶段。"

　　她脱口而问，怎么可能？

　　怎么不可能。

6

　　这确实是我们爱情的全部。

　　最初在微信上聊天时觉得他像是另一个自己；第一次听到他的歌声时，觉得我就是他的天使；第一次见面时，把闺蜜硬生生拉去，以掩饰我的紧张；第一次千里迢迢去北京看他，觉得爱情是那么伟大。

　　到后来呢，后来我感受到异地恋的辛苦。

　　至今我仍然记得，姐妹以对抗的姿态劝我迷途知返时，我感受到的孤独；我因为胃疼而独自躺在病床上，感受到的无助；我刚去北京找工作时，感受到的迷茫；我住在租住的十平方米的房子里时，感受到的绝望；每次与男友因拮据的生活争吵时，感受到的彷徨；每次与男友产生隔膜时，感受到的慌张。

这些我都记得清清楚楚。

7

从热恋到无望，再到接受与改变，最终岁月呈现出温暖静好的样子，我们用了四年的时间。

在这些时间里，我们深刻体会到，相爱是那么容易的一件事，而相处是那么难的一件事。

对于生活中那些琐事，我们学会忍耐与包容对方；

对于那些艰难的岁月，我们用坚持与坚守支持对方；

对于那些性格上的差异，我们任其存在，并给予尊重。

再相爱的两个人，也是相互独立的两个人。

我们所做的并不是让对方变成我们喜欢的样子，而是让对方做最舒服的自己。

路上荆棘遍布，也有落英缤纷。

携手走过岁月给我们设置的难题，你定会变得越来越有担当，越来越有男人的底气；而我任时光抹去我的棱角，变得越来越温柔，越来越具女人的优雅气质。

我们都变得越来越好，而路上那些晴天和雨天，就是我生命中最壮丽的记忆。

爱情需要怎样的质感

说得残酷一些，真正的恋爱并非从最初的卿卿我我开始，那充其量不过是爱的序章，而进入婚姻后才会迎来恋爱的重头戏。

1

小 C 有一天向我哭诉，她和男友之间仿佛已经没有以前那种感觉。

我问她，以前的感觉指什么样的感觉？

她说具体说不上来，只是觉得以前两个人更浪漫，更甜蜜，看到初雪会想起对方，听到好听的音乐会推荐给对方，百天纪念日时会一起吃一顿烛光晚餐，过生日时会 DIY 一个蠢萌的糕点。

而随着时间的流逝，这种感觉渐渐消失，取而代之的是听不完的唠叨，说不完的抱怨，做不完的琐事，以及提不起劲的约会。

2

爱情源于一种朦胧而神秘的感觉，这不假。但是，爱情并不这样简单。

它不能纸上谈兵，不能只是在风花雪月中谈那些虚无缥缈的情愫。它需要接地气，要能容得下俗世的烟火和灰尘，要能与油盐酱醋打成一片。

这样的爱情，才能从俗世里变得脱俗，在繁琐中变得清明，在嘈杂与喧闹中变得沉静与安好。

爱情不是冷眼旁观生活，而是把生活当成永恒的背景和寄托。

凡是肯与生活和解，继而热爱生活的人，往往具有让爱情保鲜的秘诀，也更能感知幸福的真切滋味。

3

闺蜜问我，爱情到底是什么。

我一时不知道如何回答，便反问她，她所认为的最理想的爱情是怎样的。

她放下手中的薯条，认真地说道，与前任在一起时，她欣赏他的幽默与才华，喜欢他无微不至的照顾，以及想起他就紧张莫名的心情。

她曾经以为，这就是理想的爱情。两人保持着刚刚好的距离，不至于让人有窒息之感，保持着一份神秘的空间，同时两人也不会被人流冲散。

后来，她失恋了，那个男人说了声再见就离开。她挽留，哭泣，悲痛，以为这一生再也不会遇到像他那样优秀的男人。但是，时间一天天过去，她的伤口逐渐愈合。在某一天，她又遇到一个人，并与他发展成情侣。

想起前任时，她觉得那时的自己太天真，太无知。

她开始嘲笑过去的自己，并为现在的自己庆幸。你确定，以前的爱情，不过是你的一厢情愿，是你编织的奢华美梦，是你演出的一场独角戏，是你跳的一场单人舞？

如今，她欣喜异常，因为她自觉真正遇到了理想的爱情。她是那么想做他的新娘，与他一起白头。她还说，要与他生两个可爱的宝宝，看着他们在时间的隧道里长出翅膀。

说这些话时，她深深陶醉在自己的幻想中。

可是幻想终究是幻想罢了。

她忘记了，再理想的爱情，也需要承受生活的刀光剑影。从甜到发腻的恋爱走到执手相守的婚姻，是一段太长太长的路程。在这段路程中，相爱着的人，要承受感情变淡，要承受两个人的差异，要承受双方父母给予的压力和挑剔。

只有爱的爱情，是不完整的。

完整的爱情，需要时间和风霜的考验。

如若经得起平淡生活的苛责，他们在亲友的祝福中，在盛大的仪式下结成了连理。她以为，他们终于真正完全属于

对方，可以携手创建幸福的余生。

然而，她又错了。

她并没有想到，婚后的生活，不再是两个人的生活。她也并不是只嫁给了这个男人，而是走进了一个家庭。这个家庭，被她的闯入打乱节奏，必有不适与怨言，而她得试着去解开自己和这个家庭的矛盾与冲突。

到那时，她定会感到疲惫，感到手足无措，甚至开始后悔，开始想退出这场婚姻。

不错，当初她对他是动心的，她以为这就是爱的全部了。或者说，她认为爱能抵抗生活中的一切琐碎之事。

但是，这远远不够。

说得坦白一点，爱就是一种感觉，一种感觉怎会抵挡这个世界的铜墙铁壁呢？

说得残酷一些，真正的恋爱并非从最初的卿卿我我开始，那充其量不过是爱的序章，而进入婚姻后才会迎来恋爱的重头戏。

4

公司里有很多大龄剩女。放下工作闲谈时，有人总会对这些人说，不要再挑了，赶紧找个人嫁了吧。

多数人听到这话，就会辩解说不是自己挑别人，而是别人太挑自己。大家哄笑一阵，又埋起头来忙永远做不完的工作。

只有一次，一个人看似漫不经心实则认真地说道，迟迟不婚是因为害怕嫁错人，害怕这一场爱情最终是自己的错觉。

5

在速食时代写一封情书，从而俘获一个人的心，这是爱的技巧；

买两张飞机票飞出国境，游走于异国湛蓝色的海边，在落日余晖中许下感天动地的诺言，这是爱的技巧；

在对方生日的时候，把最爱的那首情诗谱成曲，拿着吉他为对方深情演唱，这是爱的技巧。

爱情需要技巧，可是你要清楚，在技巧之外，你们是不是真的愿意在人生路上一直并肩前行，不管天崩地裂，还是沉寂如死水，你们都愿意为组建而成的家庭操劳一生。

在点头答应爱人的求婚之前，你不能被这突如其来的惊喜冲昏头脑。你需要做的是，把自己当作旁观者，暂时从这份炙热的恋火中抽出身来。

你要把爱的人，想象成一个普通人，问自己是否足够了解他，问自己是否会始终欣赏他。所有的人都有优点和缺点，他也不例外。

毫无疑问，你爱他的优点。但是，你要做的是，暂时撇开他的优点，而只考量他的缺点。他脾气很糟糕，他做事有点拖沓，他爱许诺没有太大把握的事，他不打算分担家务，他有点大男子主义等等。

你将他的缺点全部列出来，并尽可能地将其放大。此时，你或许灰心失意，也可能毫不在乎。不管是哪种结果，你都不能掉以轻心。你要想清楚，在以后的时间里，你是否始终能包容他的这些缺点。

江山易改，禀性难移。这话说得一点也不假。或许，他用尽力气，还是改不掉这些习惯。或许，他根本无心改掉这些缺点。所以，他的缺点会一直存在，甚至会愈演愈烈。面对这样的情况，你将如何应对。是一如既往地包容他，爱他，还是决绝地转身离开。

人生无常，天灾与人祸随时可能降临。他可能破产，可能失业，可能身患重病，此种种失意的境遇，你是否愿意与他一起承受，相互扶持着走出深渊，不离亦不弃。

　　如果你对此犹豫，那么请慎重。婚姻或许真的是爱情的坟墓。

　　如果你的答案是肯定的。那么，恭喜你，爱情于你而言，不是一种自以为是的错觉，而是已经与沉重的生活一起镌刻进生命。

人间喧嚣，好久不见

你要知道，在任何时候，学着悦纳眼前的事物，都是一门不可或缺的艺术。

程菲下班后走出大厦，看到毕城在大厦门口等她。

她心中生出温情，丢下一起走着的同事毫不矜持地跑到他面前。

他把身上的外套脱下来，披在程菲身上，扶着她的肩膀走到路边打着双闪的车里。

她心中温情泛起，侧过身去亲吻他的脸。他不躲避，也不回应，只是等她的嘴唇离开他的脸后，他冲着她微笑一下，便发动车子引擎。

她并不觉得难过，她只是自然而然地想起前任鲁冰洋。

和鲁冰洋在一起时，她主动亲吻他，他总会回馈她一个更大的吻。

任何时候，哪怕他心情极其不好，他也懂得回应别人。这是他最招人喜欢的地方。

他会和她一起去菜市场，为几块土豆和老板砍价。回到家，两人再一起在厨房忙活。她围着围裙切菜，他则一边准备食材，一边假装很贱的样子调戏她。

这是程菲最满意的生活方式。

而她和毕城便不是这样。

毕城永远一副理智的模样，做任何事情都彬彬有礼，但丝毫让人感觉不到温暖。就像他去接程菲下班，并不是出于爱，而是因为如若不这样做就不是一个合格的男友。

至今，他们在朋友的介绍下，已经交往半年。他仍旧对她十分客气，像对待女同事那样。

做饭时，他只是站在厨房的门边问她需不需要帮忙，见她摇摇头，他便坐到沙发里看体育频道。作为回报，他会在足球比赛中场休息时，为她泡上一杯茉莉花茶。

程菲逐渐习惯这样安全的爱情，不用付出太多，也不必害怕失去后会失去重心。从前那样热烈的爱情，太容易让人迷失方向。

程菲在和毕城相处时，时常会想念前男友鲁冰洋，而在和鲁冰洋交往时，她又时常想起前前男友赵敬。她也很清楚，现男友毕城的钱包里，仍旧放着前女友的照片。

每一个人都是念旧的人。他们总爱在回忆中寻找爱情最温柔的样子，自行把那些腐烂的部分剔除干净，只保留浪漫的部分，且不断为浪漫上色，将其美化，从而在回忆中塑造出一个没有任何缺点的前任。

这或许是都市中的每个人心中都存在的隐疾。

根深蒂固的爱情隐疾。

毕城隔一段时间便会接到一个女人打来的电话，程菲假装不知，走到一旁去做别的事情。等他挂掉电话之后，便走到她身边和她继续做刚刚未做完的事。

她知道自己不过是那个女人的替身，而他又何尝不是她前任的替身呢？如果想得开，也就不觉得悲哀或是难过。

程菲在一家情感杂志工作，电子信箱里时常有读者向她咨询情感问题。

有一个读者在邮件里这样写道：她已经结婚，老公对她很好，但是她最近和前任相遇了。她又体会到心跳加速的感觉，她知道前任同样也有这样的感受。回到家，她仍旧和她老公相敬如宾。她问程菲，是继续和老公过波澜不惊的生活，还是勇敢去追求爱情，重新找到生命存在的意义。

程菲很少回复邮件，但看到这封邮件后，她不由自主地点击回复，在键盘上飞速地敲起字来。

"别人的建议对你而言无济于事，所有的答案都在你的心中。如果你愿承担随心所欲所付出的代价，那无可厚非，尽力去追逐便可。如果你心存疑虑，害怕当下平静的生活失控，便只能留在丈夫身边，和他相濡以沫，相敬如宾。你要知道，在任何时候，学着悦纳眼前的事物，都是一门不可或缺的艺术。"

这是程菲回复给读者的邮件，但她又怎能否认，这其实也是在说给自己听。

回到家，毕城正在厨房煲粥。程菲不自觉地走到他身后，从后面紧紧抱住他。毕城愣了一下，放下手中的勺子，也握紧她的双手。

这就是答案吧。

他们都不是那么傻的人，知道身边的人可以给自己带来安稳的生活。在决定开始这段关系的那刻起，他们便已经做出了选择。至于那些被自己过分美化过的回忆，就当是生活的调味剂好了。

人们爱在回忆中取暖，以填补当下的不完美。但当回忆中的人走到眼前时，人们多半会忍着痛拒绝。

程菲就是这样。

那天中午，她去公司大厦旁边的餐厅吃饭，正好碰到鲁冰洋。除去寒暄和尴尬，他们似乎并没有更多的话要说。虽然他们对彼此还有些许感觉存留，但已不足以搅动整片海洋。

是的，鲁冰洋看程菲的眼神仍饱含深情，但程菲永远不会忘记，他虽温柔得百依百顺，但他太过多情，以至于处处留情。这样的事情反复发生，以至于他们终于分手。

在和鲁冰洋交往时，她不可避免地想念当时的前男友赵敬。赵敬也曾打电话要求和好，但她断然拒绝。

她只允许自己想念，不允许自己做出实际行动。因她知道，赵敬虽然把她照顾得无微不至，但他背后有一个蛮横多事的母亲。

程菲并不傻，她知道自己要的是什么。所以，她从来不会回头。

而现男友毕城，虽然对待她像是对待朋友那样客气，但把每一件事都安排得井井有条，所想与所做都极其周到，她的父母给予他很高的评价。这样的男人，程菲怎么会舍得放手。

有一段时间，程菲总是收到一个署名为"品嘉"的人的来信。她在邮件中含沙射影，说她和毕城余情未了，希望她识趣自动离开。

程菲看完后即刻删除，没有去翻这个女人的底细，也没有大张旗鼓跑到毕城那里质问这是怎么回事儿。

她仍旧像以前那样过日子，早晨七点起床，吃过简单的早餐去上班。在办公室里一边和同事唠嗑一边工作，下班路过菜市场就进去买一点青菜、白菜、西红柿之类，回到家吃过饭后窝在沙发上看电视，敷面膜。一天很快过去。她从来没有把那些邮件放在心里。

因为，程菲觉得不值得。

确实，一天这么短暂，物价蹿升得这么迅速，很多事情等着她去做，哪有闲情去管这些蠢蠢欲动，想要兀自蹦出墙的春意。

品嘉的邮件发得越来越频繁，程菲删得也越来越顺手，甚至误删了好几封工作邮件。

使尽浑身解数，用尽降龙十八掌来求得对方注意，但对方始终无动于衷，这是最令人悲哀的事情。因不愿前功尽弃，品嘉终于露面。

程菲走出公司大厦，看到一个女人朝她走来。刹那间，程菲想起这个女人就是毕城钱包里装着的相片上的女人。

因是毕城的正牌女友，程菲有足够的底气去应付品嘉。

她大方地朝品嘉笑，站在原地等品嘉走过来。品嘉看着即将要与自己对峙的女人那般自信，眼神在瞬间暗淡下去，她知道自己已在气势上输给对方。

品嘉问程菲可不可以借一步说话，程菲爽快地应允。

她们坐到不远处的小酒吧里，因天还未黑，酒吧里还算清净。

品嘉要了一杯烈酒，开门见山地说道她和毕城之间还未真正结束。程菲不出声，只是以非常悠闲地姿态有意无意地听着。

品嘉借着酒意，以前任的身份向现任说起她和毕城之间长达五年的感情。说到动情处，竟还当着程菲的面流下眼泪。

程菲忽然非常可怜她，一个女人在任何时候都不该这样让自己难堪。程菲也时时怀念前任，对前任的爱也比品嘉对毕城的爱只多不少，但是程菲懂得适可而止。

最令程菲意想不到的是，品嘉见她无动于衷，便扬称她是第三者，引得周围的人都侧过头来看她。程菲心里坦荡荡，并不回避人们的有色眼光。品嘉自觉过分，又忙不迭地道歉，并说毕城真正爱的是自己。

程菲无可奈何，轻轻说道："如果他真正爱你，就不会让你一个人在我面前摆出这么难看的姿势。"

正在这时，她的手机铃声响起。她接通电话，听到毕城问她怎么还不回家，他已经做好了晚饭。程菲故意点开免提，让品嘉听得清清楚楚。

挂掉电话，程菲站起来往外走。在迈出酒吧门口时，她回头看了一眼。那时，品嘉从座位上跌下，狼狈地跪在原地。

乘出租车回家的路上，程菲看着窗外闪烁的霓虹，明白这个世界上并没有十全十美的事情。而我们所要做的，无非是接纳当前的不完美，并找个安稳的人过温暖的一生。

听到程菲在门外的动静，毕城急忙打开门，接过她手中的包和她脱下的外套。餐桌上摆着四个菜，还有一大碗汤，全都用盘子扣着。

毕城之所以这样殷勤，并非因他已经知道品嘉去找程菲了，而是因为他真正地想抓住眼前的幸福，好好地过日子。哪怕，他们都还未把前任的影子剔除干净。

在以后很长的岁月里，他们一起在厨房里弄出烟火气息。

案板上放着紫色的茄子，绿色的青菜，白色的蘑菇，以及鲜红的辣椒。他们把这些菜洗净，切好，用油盐酱醋炒一炒，再将其盛到盘里，两个人便就着白天的琐碎趣事大口大口吃起来。

其实，在切辣椒的时候，他们不自觉地被辣出眼泪，但他们都心照不宣地避而不谈。

毕城钱包里的照片换成了他和程菲的合影。

在双方父母的安排下，他们在那个春暖花开的季节结了婚。

一生很久，不如此刻相拥

他张开手臂，我迫不及待地撞进他的怀里。过了一会儿，他怪叫起来："喂，不要在我的白衬衣上擦鼻涕。"

我被他逗得笑起来。

决定故地重游几乎是一瞬间的事情。

说起来似乎没有什么理由，但我明白，在很多事情没有办法理顺的时候，我只能暂时离开生活的地方，让某些结着死结的事情慢慢自行松绑。

就这样，在时隔两年之后，我再次去了台湾。

第一次游台湾，我是以租车、坐地铁以及乘坐高铁的方式环游了整座岛屿。这一次，我决定用骑行的方式，并提前在网上联络到一个准备一起去台湾环岛骑行的人。

准备好骑行所用的一切物品，防晒霜，防晒衣，运动紧身衣等等。

我提着行李来到机场，与那位一起骑行的朋友会合。

在换登机牌之前，我们向对方介绍自己。两人都是寡言的人，说出自己的姓名后，似乎就不知道再怎么搭话。因而，我只知道她叫洛可可。

在排队换登机牌时，为了避免尴尬，我开口问她为什么想要去骑行。她说得很简单，很多事情并不需要理由，只是单纯想去做。如若非要找一个理由，那或许应该归结于体力好。

我听了笑起来，我想我们会成为很好的朋友。

在飞机上，周围的人都沉沉睡去，偶尔会听到小孩儿哭闹的声音，尖锐而任性，像是要划破机舱一样。

我和她则格外清醒，各自拿着一支笔和一张放大的台湾地图，在一个牛皮本上写写画画，研究骑行的路线。

我们在出发前并没有定好骑行的路线，而只是匆匆看了几篇骑行攻略，就生猛地上路了。

这对我们而言，似乎并不是什么烦心事，反倒为我们平淡的行程增添了刺激的因子。

飞机落地时，已是晚间十点。机场人流如注，热气腾腾，我们脱下长衫，露出白色的 T 恤。步行到地铁站，买了两张票赶往定好的民宿。民宿的服务生为我们端出还算丰盛的饭菜，热情地招待我们。

坐在民宿的庭院里，听到蝉声嘹亮，看到月明星稀，知道最美的风景不过如此。

接到最看重的人的电话，听到他几次欲言又止，只得问些场面上的问题，诸如天气如何，诸如晚饭吃的什么，诸如是不是觉得劳累。我都耐心地回答。

距离隔得远了，似乎更容易搭上话。看不见彼此表情的时候，对方就是你想象中最美好的样子。就像接电话的时刻，他在我脑海中的形象，就是初次见面时的样子。他穿着白色的衬衣和蓝色的牛仔裤，那一双红色的运动鞋格外显眼，一下子就扎进了我心里。

挂上电话，我问坐在不远处的洛可可，为什么距离远比距离近反而更亲密。她无奈地摊开手，表示这是上帝才能回答的问题。我又问，不需要打个电话报平安吗？她又摊开手，表示不需要。

我由此得知，她是一个独来独往的人。而这样的人，看似能独立处理一切，实则最害怕寂寞。若非这样，她便不会选择找一个伴和她一起骑行。

上路时，我带上了去哪里都不会忘记带的相机。

我要把双眼看到的最美丽的风景拍下来，给爱着的人看。虽然，我们时常吵架，时常需要远离来拉近距离。而洛可可则带上了一把吉他，在她心里，音乐与旅行最相配。

从高雄出发，我们沿着台11线走，逆向骑行，逆向感受来自太平洋的风。

刚开始，道路上尚且比较繁华，行人与车辆都比较多，有人看到两个女孩子环岛骑行，想要与我们拍照留念。我们相视而笑，逆着风快速骑过那些人身边。

随着时间的推移，道路渐渐宽阔，人渐渐稀少，就连呼啸而过的车辆都会很长时间才经过一辆。越是接近中午，阳光越是强烈，紫外线毫不留情把我们的肌肤染成棕色。

午时过后，我们路过成片成片的稻田。

那片稻田仿佛没有尽头，沿途也没有可供休息或是吃饭的小餐馆。于是，我们只好在路边停下，从包里拿出一块布铺在地上，并拿出面包和矿泉水。为了节省体力，我们都没有太多的交谈，只顾吃简易的午餐。

吃饱之后，才发现风中的稻田是那样美，就像海边的波浪一样。只是，波浪涌上岸后还能退回海里，而稻田只是在原地摇摆。我拿起相机，调好焦距，测好光，按下快门。

回到家之后，我要把这张照片洗出来，镶上相框，挂在我爱的人的办公桌前。我到过这里，也就算他来过。

躺在地上小憩一会儿后，我们收拾好一切又开始上路。

大概三个多小时后，才驶出那片稻田。途中遇见过三三两两的骑行者，与我们逆向而行，彼此点头示意，就算是打过招呼。

顶着太阳骑行的人，不只是为了眼前那片美丽的风景，还具有别的特殊意义。虽然，我还弄不清，我骑行是为了什么。

骑到海岸时，天空已经换上昏黄的颜色。由于我们高估了自己的骑行速度，因而未能在天黑前赶到提前订好的民宿。洛可可问我敢不敢在海边露宿，语气带着一点挑衅。我扬扬眉毛，说有什么不敢。

于是，两个女生把单车停在海边，壮着胆决定露宿此处。

她显然比我有经验，包里的东西都能派上用场。打火机用来点燃篝火，毛毯用来晚上防寒，沙滩鞋走路更方便一点，照明灯可随时查看异常状况。

安置好一切后，天色黑透，倒是天上的星子倒映在海里泛起晶莹的光。

我盖着毯子躺下，她则弹起吉他。也不知什么时刻，我们一起枕着涛声入睡。

清晨醒来，我们用海水洗脸。不知为何，想念仿佛密集的雨点忽然淋透我的头发和身体。我对洛可可说，我非常想念他。

我就带着这股突如其来的盛大想念开始上路，仿佛每一寸道路都跟随着他的影子。

或许，这就是我骑行的意义。

向礁溪骑行的路上，我们途经一个很小的餐馆。那时正值午餐时分，我们便把自行车停在餐馆外面，摘下帽子，走进那家餐馆。

里面没有其他的客人，坐在前台的姑娘站起来递给我菜单。菜式很丰富，价格也很便宜，我们坐下点了两个菜，同时要了两份米饭。

隔了很长时间，那个姑娘才把我们要的饭菜上齐。

她额头上渗着汗，一脸的歉意。

我忍不住问道，这家店是不是就她一个人。她摇摇头，说这是她和男朋友开的一家专供骑行者吃饭、休息的店，但由于很少有人来这里，他们两人便轮流看这家店。闲下来的人，就骑着单车到附近骑行，回来的时候顺便买一些新鲜的时蔬。

我有疑问，他们是怎样维持生活的，这家店并没有多少客人，每天也应该赚不到多少钱。她说自己兼职写作，他则兼职摄影。收入不算多，但维持生活不成问题。

我自知无法达到这样罗布荆钗的境界，但还是羡慕懂得满足的他们。况且，从她说话的神情和语气来看，他们深爱彼此。

临走时，她男朋友正好回来。皮肤黝黑，但眼睛神采奕奕，一手提着蔬菜，一手提着单反。

我们向他们道别后便继续上路，骑出一段后，回头看时，还能看到他们肩并着肩望着我们。

以后的几天里，我们逐渐感到体力不支，速度也越来越慢。原本的计划被打乱，只好延长骑行的时间。

洛可可说，如若实在想他，就把单车卖掉，赶回去见他。

毕竟，人生这么短，我们并没有那么多时间去计较得失，计较对错。我们能做的，无非是在爱的人面前尽力展现自己最好的姿态。爱情的输赢从来没有标准，懂得退让的人反而幸福得多。

但我没有听从洛可可的建议，尽管长时间的骑行已让我的腰部、臀部、膝盖，以及握着车把的手指酸疼不已，但我想在这份疼痛中，在这片单反也无法还原它的美的景致中，猛烈地思念他。

原本的计划是七天后结束行程，但我们用了整整十天才回到原点。

我们筋疲力尽，皮肤晒成棕色，毛孔变得粗大，头发变得干枯，但这并不影响我们兴致盎然。

回到那家民宿后，我们准备重新办理登记手续，那时我猛然看到藤椅上坐着一个人，他穿着白色的衬衣，蓝色的牛仔裤，一双红色的运动鞋扎进我眼里。我不可置信却万分惊

喜地走到他面前。

　　他说："你好。"那是他第一次见我时说的话。简单利索，却意味深长。

　　随后，他张开手臂，我迫不及待地撞进他的怀里。过了一会儿，他怪叫起来："喂，不要在我的白衬衣上擦鼻涕。"

　　我被他逗得笑起来。

　　我转过身朝背后的洛可可做出一个"OK"手势，她也向我竖起拇指。随后，我俩心照不宣地笑了。

生命中不可缺少的仪式感

或许，这一切出于对生命的热爱。而真正做到热爱，需要神圣的仪式感。这种仪式感，不是矫情，不是扭捏作态，而是为生活添彩的一种方式。

1

《西西里的美丽传说》中，玛莲娜美得让人觉得生活始终对我们温柔有加。

落日余晖洒在意大利小镇的街道上，玛莲娜穿着及膝长裙慢慢地游走。清风难以自持，时时想要掀起她的裙摆与长发，拂过她清秀而妩媚的面颊。

她一直走，一直走，穿过小镇的街道，走到地中海的海岸。导演懂得她的美，让她在银屏上朝着观众漫不经心走来。然后，再把镜头拉近，让观众看清楚她睫毛上的光斑。

这样的女人，似乎真的无惧于岁月。而之所以能做到如此，我想大概是因为她心中藏着爱吧。

丈夫奔赴战场，她就在家里等着他回来。在等待的日子里，她不允许自己邋遢，她坚持打扮自己，让自己时刻焕发着美丽光彩。如此，等丈夫回来时，她就能以最美的姿态站在他面前，不必惊慌失措，也不必怨恨懊恼。

当小镇里传来丈夫去世的噩耗时，她被前来驻扎的军队以及当地的男人占有。她失去了一切，沦为妓女。在这种境遇中，她变得丑陋了吗？不，不，她依旧没有亵渎美。虽然美对于她而言是一种过错，但她受再多的苦，也甘愿一直这样错下去。

岁月游走，她被邻居唾弃，被父亲抛弃，被人们赶出小镇。但是，她从来不会与美和爱分道扬镳。

战争结束，她的丈夫归来，她又回到了这座小镇。她还是那么美，轻轻挽着丈夫的手臂，在落日的余晖中，摇曳生姿地走着，长裙翻飞，长裙飘舞，笑容平静。

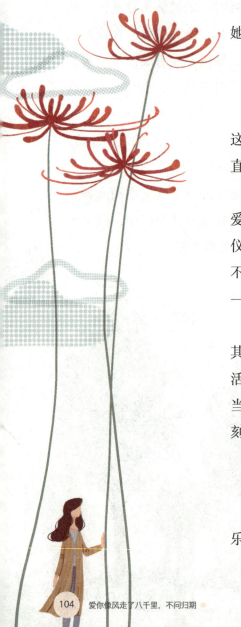

就好像什么都不曾发生一样。

确实，除了负责一如既往地美，她并不记得发生过什么事情。

2

我时时在想，在与生活交锋的这些岁月里，玛莲娜为何能做到一直这样庄重地对待自己，对待爱情。

或许，这一切出于对生命的热爱。而真正做到热爱，需要神圣的仪式感。这种仪式感，不是矫情，不是扭捏作态，而是为生活添彩的一种方式。

不需要做给别人看，不需要将其当作大事来做，而是把它融入生活的日常。就像玛莲娜那样，把美当作一件普通的小事来做，把爱情刻进年轮之中。

3

和闺蜜坐在酒吧里听一支小众乐队唱歌，人影攒动。

闺蜜一杯接一杯喝着酒，似醉未醉，眼神有些迷离，但好看得不得了。酒咽下去的时候，她往往会跟着乐队唱上几句，声音带着看透世事的沧桑和撩人的诱惑力。

等乐队唱完，她一边喝酒一边对我说，昨天她和相恋三年的男友分手了。

我已经习惯她这样的论调，因为她做出的事情经常超乎意料。

我也喝了一口酒，示意她往下说。

她像是在讲别人的故事那样，絮絮叨叨说起来。当然，她说的不是她和男友分手的原因，而是分手的过程。

分手的时候，她没有跟男友在电话里结束这段感情，而是把男友约到他们第一次见面的地方。

因是初夏，树叶变绿，草坪变青，空气清新怡人。那里离市区很远，坐车过去大概需要两个小时，但她坚持选择了在那里见面。

在那里的小酒馆里，他们说起这些年的种种事情，检点自己和对方的优点与缺点，以及评判自己的得与失。

时间很快过去。在傍晚的时候，他们并肩站在湖边，看着落日缓缓隐入水中，留下一片昏黄的印迹。

看完这一场落日后，他们向彼此说出祝福的话语，而后挥挥手，背向而走。

就这样，他们从此之后再也没有联系。但是，他们应该不会忘记彼此在自己生命中的这一段插曲。

4

有几对情侣的分手，能做到如此平和？我猜寥寥无几。

因不能正常看待感情的消亡，所以恶言相对；因日后再与对方没有联系，所以露出丑恶的嘴脸；因对方在自己心里无足轻重，因而轻率处理。

但是，日后想起时，或许会落下遗憾的吧。毕竟，曾经把彼此当作生命的唯一，深深相爱过。

所以，分手也需要一个仪式。

这个仪式不需要多么隆重豪华，但求在你心里足够郑重。如此，便会显示出你尊重曾经的恋人，尊重当初自己的选择，尊重这段已走到尽头的感情。

我问闺蜜，你是否相信会遇到比他更好的人。她回答，当然。

我其实知道我的问题多余，因她一直笃信只要自己姿态美丽，就会遇上美好的爱情。

至于那些在旁人看起来矫揉造作的仪式，她会一直坚守下去。那是她保持美好姿态的法宝。

5

朋友若琳的朋友圈里，除却秀恩爱，就是秀美食。如果这发生在小女生身上，丝毫不为过，但若琳如今已是一个男人的妻子，两个孩子的妈妈。

到底是什么让她一直保持着对生活的激情呢？

周围的人们，在结婚几年之后，逐渐被琐事围剿。甜言蜜语说出来觉得腻歪，坚贞誓言说出来觉得可笑，甚至连结婚纪念日都抛之脑后。

夫妻俩保持着淡漠的距离，离得不远不近，连吵架都懒得张口。这种状态，比山崩地裂更为可怕。各自把装着浪漫与情调的心门关得死死的，又如何能把日子过成最想要的样子。

在一次聚会上，我们向若琳讨教如何让生活看起来很美味。

她笑一笑说，哪里有什么秘诀，不过像和爱人谈恋爱那样和生活谈恋爱罢了。

不会因做了母亲就穿得邋遢随便，而是每天化淡妆，自己看起来舒服，别人也觉得赏心悦目；

记得每一个纪念日，并给对方准备微小而盛大的惊喜；

在彼此生日那天，唱生日歌给对方听；

亲手烘焙一个样子不那么完美的糕点；

晚上睡觉之前，躺在床上说说当天的趣事、糗事，道一声晚安，相拥睡去；

白天上班之前，在对方脸上印上一吻，带着愉快的心情创造新的美好的一天。

烦琐吗？不,她已经将其当作生命中再平常不过的事情。或者说,这就是她的生活哲学,生活日常。

而我们之所以觉得繁琐,是因为我们一直忙着赶路,忽略了周围人细微的感受,忽略了生活本身具有的美。

这些诗意的日子,在沉寂的世界里散着微光,映照出了她对美好的想象与向往。

3

岁月漫长，
归期是何期

你像风走了八千里

她的生命，开始像开满了花的花枝一样。即便有一天终会枯萎，但因在合适的时间做了合适的事情，她比任何时候都感到时光的恰如其分。

那是一个非常阴沉的下午，雨下得很大，街上的行人不管手中有没有伞，都变得十分慌张。路面泥泞，快速行驶着的车辆溅起一排污水。

我和曾碧辰坐在比萨店里，看着窗外的行人举着伞不耐烦地挪动。

就是在这样的天气里，曾碧辰对我说："我要自驾环游全国各地，你要不要跟我一起去？"

我已经忘记当初是以什么理由拒绝了她盛情的邀请，总之在一个星期之后，她开着一辆2007年的老吉普出发了。

曾碧辰曾经问我："你觉得，你能为所爱的人付出最大的牺牲是什么。"

"不知道。那你觉得呢？"

"我所能做的，就是倾尽全力离开他。"

曾碧辰真的这样做了。倾尽全力，离开了爱了六年的男友。

但是，她再也没有力气去过好以后的日子。

在大三那一年，他们决定一起考研究生，并报考了同一所大学。

成绩揭晓那一天，他们两人同时落榜。曾碧辰在大哭一阵后，很快接受了现实，开始做简历找工作。而他的父母为他申请了国外的学校，让他继续深造。

在这个物质社会里，只要有钱就永远有学校收留。

爱情并没有想象中那么坚强，随便一点变故都有可能冲散两个人。曾碧辰的男友告诉她要出国深造的时候，她已经知道，他们的爱情会止步于此。

他拉着她的手，险些要掉下泪来，对她说跨国恋也没什么大不了，两年之后他就会回来。

她就在原地等了两年。因为太爱他，所以并不觉得辛苦，只觉得这两年比大学的四年还要漫长。每当黑夜来临时，她都因又过了一天而感到无比兴奋。

他回国那一天，她早早去机场等待。她没有料到，她等来的是他和一个长相穿着都胜她一筹的女孩儿。她愣愣地看着他们和前来接机的父母拥抱，没有走过去。

在电话里，他解释说那是父母的安排。

确实，他还是个没有淋过雨的孩子，不曾离开过父母羽翼的保护。父母的每句话，对他都至关重要。

她不否认，他比任何人都爱她。但是，她很清楚，他没

有能力去违抗父母的意愿。所以，她只能忍着剧痛离开。

曾碧辰出发那天，给我打来电话。她问我："你觉得我会不会死在路上。"

我很坚定地说："不会。但回来后肯定就不是原来的你了。"

我们都没有提起，那一天是她前男友和别人结婚的日子。他前男友曾经对她说，他们的蜜月旅行就是开一辆旧吉普自驾去全国各地。

在抵达兰州，启程去敦煌一带时，曾碧辰遇到一个独自旅行的女生。

那个女生在路边拦下曾碧辰的车，说她的名字叫莫子陶，想搭车去张掖。因是顺路，曾碧辰打开车门让她坐进副驾驶座。

她们同是失恋沦落人，想要在路上释放稠密的悲伤。

曾碧辰很少说话，只是专心地看前方的路，转动手中的方向盘。莫子陶打开手机，播放里面的音乐，车内反而比任何时候都寂静。在那几十公里的车程里，她们一直保持着一种难以言说的默契。

　　那种默契让气氛有点怪异，但她们都没有刻意去打破什么。

　　天色渐黑，她们并没有按计划到达目的地。途中连一家旅馆都找不到，幸好曾碧辰带了户外帐篷。

　　她们两个人将帐篷搭起来后，天全然黑透。莫子陶的手机因长时间放歌，已经自动关机。因不知谈些什么，她就唱起歌来，声音穿过厚重的黑色，消失在很远的远方。

　　圣埃克苏佩里笔下的小王子曾经说，每一颗星星都是一朵玫瑰花。曾碧辰看到西北临近大漠处那么明亮的星星，忽然之间流下泪来。坐在她身旁的莫子陶，正好唱完一首歌。

　　风声呜咽，像是要席卷一切。帐篷就在身后，旧吉普停在附近，不远处就是沙漠。这个世界上，仿佛只剩她们两个人。

　　莫子陶和曾碧辰并肩看天穹之上的星星，风把头发和心刮得一样凌乱。

　　那一晚，曾碧辰的泪腺格外发达，

那是她和男友分开后，第一次哭得那么尽兴。

开始时，她只是默默流眼泪，然后是小声地抽泣，再后来她干脆号啕大哭，肩膀猛烈耸动。

莫子陶转过身把她抱在怀里，抚摸着她的头发，按住她抖动的肩膀，轻轻地在她耳边安慰她。忽然之间，锐利的风旋转着退得很远，两个女生在一顶帐篷旁静静相拥。

清晨醒来，她们吃过一点东西继续上路。越接近沙漠地带，空气越是干燥。

车内的音乐还是循环播放的那一首，她们偶尔聊天，但更多的时候，她们一人专心开车，一人看外面的风景。

抵达敦煌，接近十点钟。本来在此地，莫子陶该换乘别的车赶去张掖，但她决定留下来。同样的，曾碧辰没有拒绝她的盛情。她们把车留在停车场，买了两张票去看敦煌莫高窟。与别的游人不同，她们只拍景，不拍人。

之后，她们再上路，再停下。当沙漠在她们眼前绵延展开时，她们才真正感到这并不是一次旅行，而是一场流浪。

曾碧辰把纱巾围在头上，脱掉鞋一步步走向沙漠。她一直向前走，头发随着风沙在眼前乱舞。她身后是一串串歪歪斜斜的脚印，还有离她不远沉默跟随的莫子陶。

正是中午时分，曾碧辰终于累得倒下来。

她想，如果这是她和男友的蜜月旅行，应该不至于这样狼狈。

莫子陶在她身边也躺下来，大口大口呼着气。太阳直射在她们的脸上，让人睁不开眼睛。

在沙漠里，人们最大的欲望便是生存下去。因为太过寂寞，她们把手交叠在一起。骑着骆驼的人们偶尔经过，她们也懒得理会。时间忽然变得很慢，斗转星移仿佛需要好几个世纪。

带着满身的沙砾，她们又开始前行。经过鸣沙山，到达月牙泉，后又抵达雅丹，稍作停留，她们又开往青海湖。

在路上，车抛过一次锚，曾碧辰打开工具箱，不声不响地动手维修。在以前，这种活是男友干的。只可惜，他已经成为别人的丈夫。他们的蜜月，应该是大洋彼岸的某个浪漫海岛。

莫子陶蹲在旁边，不时地给她递工具。她们都没有抱怨，相对于那些伤害与背叛，吉普车在路上抛锚又算得了什么。

一下午的时间，很快过去。车子修好时，已是傍晚。她们不得不在原地搭起帐篷休息。

抵达青海湖时，阳光比任何一天都灿烂。

曾碧辰已经分不清，眼睛里是湛蓝的湖水，还是饱满的泪水。她又一次肆无忌惮地流泪，却找不到流泪的原因。

在那里，她们说了再见。

曾碧辰站在青海湖边，看着莫子陶一步步走向远处。

有那么一瞬间，她想起电影《末路狂花》的结尾：路易斯和塞尔玛两个女人，在经过长途的逃亡之后，终被警察追到荒漠之中。在走投无路的时候，她们没有束手就擒，也没有奋起反抗，而是发动车子引擎，紧紧握着手朝悬崖的方向开去。

车子在空中划下一道弧线，影片至此结束。

曾碧辰也曾想和莫子陶一起，把车开到青海湖中去。只是，她自知已经和她缘尽，前面还有更长的路等她去走。

在一个无聊的下午，我接到曾碧辰打来的电话。

在电话里，她把在途中遇到莫子陶的事情全部说给我听。我没有发表任何意见，也没有评判其中的对错，更没有拿伦理说事儿。

我问她什么时候回来，她说可能还要很久。

很久是一个很宽泛的词，也是一个伸缩性很强的词。

她口中的很久，或许是一两天，也或许是好几个月，好几年。而时间的长短，全由她何时真正忘记那段延续六年的感情而定。

曾碧辰开着那辆很破的吉普，往西藏的方向驶去。途中荒无人烟，偶尔有一两辆自驾的越野车与她做伴行一段路程。

一年之后，曾碧辰回来

了。皮肤晒成小麦色，长发长到腰上。

她确实像我预言的那样，完全变了一个人。

她不再低沉，不再抱怨，不再懒散，不再因为想念爱了六年的男人失眠。她变得积极健康，生活有规律，喜欢热闹，时常参加我们的聚会。

她找到了真正爱她的那个人，开始一段新的恋爱。在这段爱情中，她不再像以前那样患得患失，而是给予自己和他足够大的自由空间。

她的生命，像开满了花的花枝一样。即便有一天终会枯萎，但因在合适的时间做了合适的事情，她比任何时候都感到时光的恰如其分。

可是，我不得不含着泪澄清，这个结局不过是我杜撰出来的。

曾碧辰再也没有回来。

她在进藏的路上，拐弯时和一辆车相撞，侧身掉入不见底的绝崖中。

我在网上看到这则消息时暗自祈祷，用力掐自己的腿，但都无济于事。那不是噩梦，我记得那辆吉普车的车牌号。

每年秋季的时候，我都会到我和曾碧辰一起去的那个比萨店里坐一下午。

我想，她应该已经忘记，因而不再需要用回来证明什么。

那些曾经对的人

这样，我们在各自的生活里，都清爽利落地朝着自己喜欢的方向奔跑着。虽然会想念，但会重新遇见更好的人，更美丽的风景。

很久不写信了，笔记本囤了好高一摞，但多半都是空白的。

也不知是什么原因促使我心血来潮，决定给你写一封信。虽然我知道，我写完之后会压到厚厚的书底下，永远不会寄出，但我还是在这样一个阳光刚刚好的下午给你写信。

因为不知道该怎么称呼你，想起以前的称呼，总觉得肉麻得不可思议。可是，那样亲密，终究还是成为陌路。甚至觉得你的名字，于现在的我而言都是陌生的。

如果直接硬生生地叫你前任，似乎也有点不妥。索性就省略吧，这样显得更干脆一些。

偶尔会从共同的朋友中，听到你的消息。

听到的时候，并不觉得激励。或许是已经释怀。说到完全释怀，那真是花费了好长一段时间。

你曾说，你一直是以游戏的姿态对待爱情。而我不自量力，非要把自己当成例外。所以，当你把目标对准我后，我不顾所有人的反对，像是赴死的战士那样，心甘情愿做你的猎物。确实是这样的，你我都很清楚。

那时，我们还年轻。而年轻的好处就是，我们拥有任性妄为的特权。

别人说你家在偏远的山村，我就反驳真正的爱情不能这么物质；

别人说你长得有些矮，我就反驳长得高又不能当饭吃；

别人说你没有稳定的高薪工作，我就反驳说成功的男人都是从三十岁之后开始奋斗；

别人说你的前女友连起来能绕城市一圈，我就反驳说那是你有不可抗拒的魅力。

那时，你在我眼里确实是最好的。

你是我眼中的超人，是踩着七彩祥云的盖世英雄，谁都没有办法和你相比。听到这些话，你肯定会沾沾自喜。

是的，我们有过快乐的时光。虽然那段时光那么短暂，虽然它正在慢慢被现在的幸福代替，但是，它仍然带着余温，带着玫瑰般的色泽，滋润着当初的我们，好让我知道，我并没有辜负岁月。

一段感情开始的时候，任何人都猜不到结局，或者说都不愿承认最终的结局。只有真正走到破裂的边缘时，我们才不得不相信我们被命运的大手掌控着。

现在我甚至想不起来，我们分手的理由是什么。只记得很多次争吵之后，你终于在一个晚上提出分手。

我努力做出挽留，但无济于事。所以，在那一刻，我从爱你变成恨你。恨比爱更需要花费力气。在夜深人静的时候，我能听到内心有一面猎猎作响的旗帜：向你宣战。

作战的方式，不是烟火四起，不是兵荒马乱，甚至不需要你出现。它是我一个人的战争，我要打造一个全新的完美的自己，以此证明你放开我，是你人生中最大的失误。

首先，我做了一张作息时间表，什么时候起床，什么时候吃早饭，早饭吃什么，早饭过后去做哪些有意义的事，什么时候吃午饭，午饭过后又做什么。一直到深夜来临，我重新躺到床上，才算度过充实的一天。

其次，我开始健身。不是为了瘦成一道闪电，而是为健康着想。同时，也有益于塑造更好的身段。爱美是女人的天性，但爱美要分层次。健身塑造的美，是当时的我最需要的。

然后，我花更多的时间泡图书馆。对所要读的书，进行严格把关。非经典不读，非有用不读。读书的同时，还要做笔记和摘抄。

可以允许自己伤心，但不允许自己绝望。

所有的恋爱，都存在失恋的风险，这不是否定自我的理由。所以，在消沉将近一周后，我开始参加朋友们组织的集体活动，把自己扔到人群中疗伤。

我狠心地删掉了你的电话号码，删除了你发给我的短信，也撕掉了那些与你有关的日记。心不是不疼，而是只有这样我才能华丽转身。

是的，我要用华丽转身的方式，来惩罚你。

现在，我仍然感到庆幸，我用的是这种方式来医治失恋带给我的疼痛，而不是去纠缠你，祈求你回心转意。

这样，我们在各自的生活里，都清爽利落地朝着自己喜欢的方向奔跑着。虽然会想念，但会重新遇见更好的人，更美丽的风景。

我还记得那几条简短的短信，那是在分手很久之后你主动发来的。

"还记得我吗？"

"嗯。有事吗？"

"没有。想问问你最近过得怎么样。"

"挺好的。"

"很尴尬的样子，有时间再聊吧。"

"再见。"

就这样结束，平静得没有起一点波澜。

在发这条短信之前，你笃定我还在原地等你，收到短信后定然会欣欣雀跃。但不好意思，我令你失望了。

也正是这几条短信，让我确信，我的复仇计划成功了，我成了更好的人。而下一步，我只需等待幸福重新降临就好。

在分手的时候，你真诚地告诫我，以后不要再那么天真。我在电话另一头，暗自发誓，再也不做在爱情中横冲直撞的人。但是，当下一段爱情来临的时候，我把你的劝告忘得干干净净。

黑塞说过，天真的人会爱。我不能同意再多。

幸运的是，我遇到了一个和我同样天真的人。

现在已经很少想起你，想起的时候也多半与那段证明自己的时光有关。

仔细想想，你除了带给我满身伤痕外，并没有赠予我更多的东西。但是，还是想向你表达谢意。如果没有尝过痛彻心扉的滋味，我也不会变成更优秀的人。

从朋友那里听说，你过得不错，已经有两个孩子，祝福你。我想，他们应该都像你那么好看。

纵容才是顶级的温柔

既然婚姻要讲究门当户对，她又何苦踮着脚尖去够不属于自己的东西。

她有她的生活方式。

吕格非有多重身份：名副其实的富二代，电竞俱乐部投资商，一家广告公司的董事长，国民少女杀手。

吕格非交往过的女朋友，似乎比夏天的苍蝇都多。当然，这其中不包括那些只是一起喝了一杯红酒的人。

凡是那些被冠以"女朋友"身份的人，通常是常年混迹酒吧，没有稳定的工作，而是把钓到金龟婿当作达到人生巅峰象征的人。

他从来不结交那些有原则的人做女朋友，因为她们太过刻板、固执，有一个聪明的脑瓜，说出的话与心里的想法风马牛不相及。

人生本来已经够苦，何必再让这些人添堵。与其如此，倒不如找那些胸大无脑的女人。她们知道自己要什么，也会很坦白地将其说出口。

他明知这不过是一场游戏，但愿意在游戏中玩得尽兴。

当然，如果把游戏看成是一场交易，那也无可厚非，毕竟不是每个人都有资格参与这场金钱与美色的交易。

他从来没有把这些女人带回过家。他端庄的母亲和注重名誉的父亲，也从来没有把外界那些某某富商之子和某某影星交往的传闻当真过。毕竟，家族有家族的规矩，一个家族和另一个家族联姻，才是不二的选择。

在游戏和交易中，吕格非发现他对纪颜动了真情。动情的明显标志是，他开始为这个女孩儿失眠，想起她时会无故笑出声来。

纪颜有一副清丽的嗓子，一直想出唱片，却苦于没有出路。

在这个娱乐至死的时代，画上妆后任何人都可以被叫作美女，在 KTV 里做麦霸也可以被赞为有歌手潜质。因而，纪颜始终在帮大牌歌手唱样曲。

但是，她一直懂得知足。她是一个很容易快乐的人，即便交不起房租时，她也认为这是社会的错，这是命运的错，而不是她的错。这种快乐，感染了吕格非。

他投资电竞行业，做广告公司的董事长，和无数个女人约会，都是为了追求快乐。所以，他偶然认识纪颜后，便忽然想放弃游戏的态度，把她永远留在身边。

纪颜根本找不到拒绝的理由。有大把的钱花，随意出入高档商场，坐拥奢华别墅，随意去欧洲旅行，这几乎是所有女人的梦想。

然而，并非手中有了不限额的信用卡就成了上等人，这个社会自有一套评判的标准。那些有气质有身份的人，从来不是纪颜这样的人。

为何？因为纪颜把头发漂成艳俗的紫红色，一只眼被头帘遮得严严实实，修长的腿上穿着魅惑的黑色网格丝袜，口中永远嚼着两粒口香糖，在西餐厅遇到熟识的朋友，会隔着几张桌子大声地打招呼。

这样的打扮和行为，永远达不到优雅的标准。

这当然也不是吕家儿媳妇的标准。但是，吕格非喜欢。

吕格非再任性，父亲说话也有一定的分量。他的女朋友，还是需要父亲点头，母亲认可。

考验比想象中来得更快更迅猛。

一向不主张铺张过生日的父亲，忽然决定要庆祝六十大寿。开家庭会议时，父亲吩咐吕格非要带一个像样的女朋友，到时候全场都是商界有头有脸的大人物和亲戚，不要丢吕家的颜面才好。

吕格非唯唯诺诺，知道纪颜并不符合父亲的标准。

然而，他已经决定带她出席父亲的生日宴会。只是，在带她出席之前，他需要找一个熟识而靠谱的人给纪颜上礼仪课。

这些课程并非照着有关教科书照本宣科，而是在日常生活中做出示范，让她在耳濡目染中学会改变。说得坦白一些，吕格非要策划一场变形记，变形的主人则是纪颜。

思来想去，他最终决定把这个差事交给广告公司的吴曼青。

吴曼青上班时永远穿一套浅色的套装，裙摆盖住膝盖，配一条最贴近肉色的丝袜，脚上一双黑色的五公分高跟鞋。脸上带着真诚的笑，即便这笑容是装出来的，也让人看着格外舒服。说话得体而切中要害，不卑不亢，让人感觉到她内在的气质和肚子里盛的墨水。更难能可贵的是，她懂得进退之理，从来不用蛮力硬抢。

吴曼青被吕格非的秘书叫进他的办公室，办公桌上早已备好两杯咖啡，她的那一杯加了糖。

吴曼青在职场中待得久了，自然知道董事长有重要的事要说。她安静地听着他对自己的夸奖，等他说完后，她喝一口咖啡，表示她接受了他的好意。

吕格非把客套话都说尽后，终于吞吞吐吐，把自己那套变形计划说了出来。

吴曼青啼笑皆非，显然知道一旦变形失败，就得卷铺盖走，而她再熬一年，就可以从部门经理升职为市场部总监。

事关重大，她必须阐明立场，推说自己的礼仪还不过关，怎么可能来教别人，希望他另外找人。

吕格非是何等人物，把一切都想得格外周全。他看到吴曼青一味推辞，便把秘书叫进来，让她把空着的那间办公室收拾好。

秘书接到命令，转身去做事，而吴曼青已经明白，她已经提前升职为市场部总监。

这样一来，她便有两个选择，拒绝吕格非的请求并且离职，或是接受吕格非的请求还能得到提前升职的机会。当这两个在她脑中闪现的时候，聪明的她已经做出了决定。

纪颜也知道，如果想进吕家门，便要听吕格非的安排。所以，即便她心里感到不痛快，也得配合吴曼青的工作。

吴曼青和吕格非约法三章：不要干涉她的工作，接到纪颜的投诉不要心软，一切变形所需的费用都由他承担。吕格非欣然答应，知道把权力全部下放给吴曼青是最正确的做法。

变形记从服饰风格开始。

吴曼青带着纪颜来到商场，把她带到知性女人服饰区。服务生按照吴曼青的指示，让纪颜试穿浅灰色及膝套装。

纪颜忽然哭起来，大声抗议这是老女

人才穿的衣服。吴曼青把她拉出服饰店，对她说即便再委屈也不能当着陌生人的面哭，回到家哭得天昏地暗也无所谓。

谁知纪颜说道："吕格非让你改变我，其实已经说明他觉得我配不上他。"

吴曼青一怔，知道她说的是实话，却不作声。

在外面逗留一段时间后，她们重新回到那家店，买了三套同类风格的知性服装。

在餐厅吃饭时，纪颜看到门口走进来曾经和她一起唱样曲的朋友，她立即把手举起来，打声招呼朋友过来坐，引得周围人全都向她行注目礼。吴曼青立即制止，让纪颜离开桌子，走到朋友面前小声说话，不要打扰到别人。

诸如此类的小细节，吴曼青为纪颜指出不下百次。

晚上各回各家前，纪颜叫住吴曼青，问她是不是觉得自己非常糟糕，为什么她觉得美的地方，而自己偏偏觉得格外丑。

吴曼青心有不忍，轻轻说道，不是纪颜的审美出了问题，而是这个社会有一套不成文的准则，凡是不符合准则的，皆会站在美的对立面。

吴曼青每隔两天向吕格非汇报一次进展，他对她的工作表示非常满意。

穿衣风格成功改变之后，吴曼青开始改变纪颜的发式。

吴曼青把她带到发廊，对发型设计总监说把纪颜的头发染成黑色，把大波浪拉直，把及腰长发剪短至及肩就好。

花了一下午的时间，才把头发做好，而全程纪颜没有说一句话，只是像木偶一样任人摆布。吴曼青知道她心里有怨言，但值得欣慰的是，她已经学会隐藏。

做完头发，她们在咖啡馆里歇息。

那时，天色黑透，霓虹耀武扬威。纪颜忽然问吴曼青累不累，吴曼青没有听懂她到底想说什么，脸上出现疑惑的表情。纪颜只好解释说："你觉得生活值不值得这样辛苦，除了工作以外找不到任何存在的价值。每天那么严肃，好像这一生是演给别人看的。"

说得坦白些，纪颜非常同情吴曼青这类人。

吴曼青无法辩驳，她也想不明白为什么人们要给自己设置一道又一道难题。

纪颜改变形象，是演给社会的一出戏；以新形象跟随吕格非出席他父亲的生日宴会，是演给到场客人的一出戏。演来演去，换了一个又一个舞台，连自己是谁都险些忘记。

纪颜是对的，其实该改变的不是她，而是这些想要她由快乐变得不快乐的人。

但是，吴曼青肩上担负着董事长的使命，这项使命关乎她能否在公司坐稳市场部总监这一职位。

吴曼青连夜搜集吕家的资料，比如吕格非的父亲除了商界大有作为之外，还在哪个圈子享有盛誉。比如吕格非的母亲平日最常做的事情是什么，是喜欢园艺，还是喜欢打牌。

比如吕格非的七大姑八大姨都什么来路，是不是好相处。

除此之外，她还向吕格非要来了当天请客的名单，以及纪颜和谁一起坐，安排在哪个位置。

她像是礼仪教师一样，把有可能发生的事情全都写到电脑里，打印出来让纪颜背熟。当然，背熟还不算，还要像说话那样自然地说出来，并且要根据对话人的神色及时调整说话方式或是改变聊天话题。所谓的眼观六路、耳听八方也不过如此吧。

在这期间，吕格非和纪颜并没有间断约会。他对她的改变满意至极，毫不吝啬地把盛赞说给吴曼青听。从头至尾，他都没有看到纪颜早已不是原来的纪颜。她已经变得不快乐。

生日宴会前一天，吕格非打电话给吴曼青，问她觉得会不会成功。吴曼青很肯定地说会。他立即放下心来，再次对吴曼青表示感谢，并对她说办公室已经收拾妥当，宴会过后就在大会上宣布任职。但是，他并不知道，纪颜在宴会过后就会脱离他的束缚。

纪颜并不是存心要拆他的台。最开始的时候，他就认为她的身份进不到吕家的大门。既然婚姻要讲究门当户对，她又何苦踮着脚尖去够不属于自己的东西。

她有她的生活方式。

宴会那一天，纪颜挽着吕格非的胳膊走进宴会餐厅内。她穿着一身蓝宝石色的礼服，把身段勾勒得恰到好处。耳朵和手上都是小颗粒钻石，低调又不乏精致。她朝着来客温婉地笑，带点羞涩又显得落落大方。一时间，她成了耀眼的焦点。

吃饭时，她挨着吕格非的母亲坐。聊天时，他母亲无意中说出喜欢养鱼，纪颜立即把从杂志上看到的养鱼秘籍，以及漂亮的鱼的种类说给他的母亲听。

他的七大姑八大姨故意前来找碴儿时，她也不恼怒，只是微笑站着听她们说话。最终，她们也不得不说纪颜好涵养好脾气。

一顿饭足足吃了三个小时，笑都要笑僵了，而纪颜没有一句怨言。

散席时，吕格非的母亲亲自对纪颜说，有时间常来玩儿。

这意味这位固执的母亲已经接受了纪颜。纪颜立即表示出喜笑颜开的样子，连连说一定去。其实，她知道她永远不会再进入吕家大门。

因为，经过这么大幅度的改变，她觉得做自己最好。这个自己，是剔除掉先前那些缺点，保留自己易满足性格的自己。

宴席结束，吴曼青收到纪颜发来的微信：

感谢你为我做的这一切，希望我不是吕格非的女朋友后，我们还能常联系。还有，我还是很喜欢音乐，哪怕我永远出不了唱片，哪怕我只能唱样曲，但我由衷地感觉到快乐。你的变形计划并没有失败，只是我没有变成你们想象中的样子，而是变成了更好的自己。

留白的青春，永不褪色

是的。她把这一切都归结于一场梦。醒来后，她更加喜欢自己，也更加懂得善待周围的人。

对女人而言，没有一件事再比变老更糟糕。

考试不及格，还有补考；失恋后，还会遇到新欢；被炒鱿鱼，还会找到新的老板。但是，一旦变老，我们便没有任何能耐重返那个青春无敌的年代。

有人说，现在医学如此之发达，我们大可到美容院中把脸上的皱纹通通碾平。然而，心上的皱纹又怎么来消除？

当我一边怀念那些放肆的青春往事，一边抱怨时间过得太快时，有人冷不丁问我一句，如果我有某种可以回到二十岁的超能力，我愿不愿意回去。

我几乎没有犹豫脱口而出："当然愿意。"可是，再仔细想一想，我又觉得现在才是我最满意的一种状态。所以，最终我摇摇头，说还是现在最好。谁知问我的人，也狠狠地点头。我们虽然会想念过去的时光，可是并不真的想让时光倒流。

我们想念的，通常都是过去那些欢快的桥段，而刻意将那个年纪的忧愁撇到脑后。

其实，那时候，我们也曾哭得撕心裂肺，也曾难过得不能呼吸。更让人揪心的是，我们在悲伤面前无能为力，脆弱得像是一碰就会破裂的泡沫。

如今，经历过岁月的历练，我们仍会时时感到疼痛，但我们已经学会如何和它和平相处。

或许，这就是我们不愿回到过去的缘由，也是为何青春总是留白的缘由。

深夜看《重返二十岁》，当影片最后的字幕浮上来时，还是落下眼泪。

一晃眼，那个叫沈梦君的女人已经七十岁。她表面刻薄，一张嘴永远不饶人，一边嗑着瓜子一边和邻里打麻将。就是因为有一张刀子嘴，儿媳被气得住院，儿子不得不打算将她送进养老院。

那是她一生之中感到最悲哀的一刻。

在进养老院之前，她独自走到街口的一家照相馆，要求摄影师给她拍一张照。

摄影师准备好拍摄器材，要求她坐好，微笑。她眼睛里却闪着泪花，摄影师又说，那就想想你最美的时候。

她努力地笑着，轻轻对自己说道："我最美的时候，连我自己都错过了。"

摄影师按下快门，闪光灯一闪，七十岁的沈梦君，返回了二十岁。

那时的她皮肤光洁，腿脚灵便。没有改变的，是她那张刻薄的嘴。可是，年轻了的她，连刻薄起来都那么可爱。想必这就是年轻的资本吧。

重返二十岁的她，有一副动听的歌喉，肆无忌惮地唱歌跳舞，像所有未经世事的年轻人那样遇到不可思议的爱情，像所有不知天高地厚的年轻人那样怀揣足够绚烂的梦想。再加上一副无懈可击的面容和有些复古小俏皮的打扮，她成为两个优秀男人争夺的对象。

这时的她，有烦恼吗？会悲伤吗？

答案是肯定的。她同所有人一样，有烦恼，也会悲伤。

她变得年轻了，但是伤痛依然跟随。

一波起，一波落。日子永远都无法平静下来。

跌宕起伏中，年轻了的沈梦君有了喜欢的人，和赏识她歌唱才情的人开始约会。

而命运又催促她来到选择的岔路口。或者她把青春年华再过一次，以隐姓埋名的方式；或者她回归生活原位，以刀子嘴、豆腐心的方式安享晚年。

几乎没有经过挣扎与犹豫，她便做出了选择。

影片最后，沈梦君依然是为养出一个大学教授而骄傲的母亲，是喋喋不休的婆婆。

或许，这样的她不被年轻人所接受，但是她已经明白，没有比自己接受自己更重要的事情了。

当她再次和儿子儿媳坐在沙发上看电视机里的孙子时，她看着看着眼睛便湿润起来。

她在心里说，她做了个很长很美的梦。

是的。她把这一切都归结于一场梦。醒来后，她更加喜欢自己，也更加懂得善待周围的人。

对她而言，这一切都是最好的安排。

我把这部电影推荐给闺蜜看。闺蜜看完后说："如果有重返二十岁的超能力，我想我也不会回去。"

在二十岁的时候，她爱着一个人。

那时我们都爱看脸，没有钱没关系，一定要高高帅帅的。她爱着的那个人，算是学校里的风云人物，爱踢足球，会弹吉他，又有一副好嗓音，每到傍晚六点钟学校广播里就会准时传出他的声音。

她迷恋他，暗恋他。后来，主动追求他。

终于，她在众多女生的嫉妒中成了他的女朋友。她对他的爱，带着太多的崇拜成分。当然，他已经习惯被人仰视，骄傲惯了，便把她的爱和崇拜当成理所当然。

不对等的爱，往往会在同一时区出现时差。

被爱的总是有恃无恐，这话说得一点没错。

在爱情里，他始终扮演着肆无忌惮的角色。约会迟到，放她鸽子，和别的女人打情骂俏，忘记她的生日和他们的纪念日等等。他就是这样毫无顾忌地行使着手中的权利。年轻的他意识不到，权利与义务相对。

所以，他无论如何预料不到，他会被这个温柔得有点傻气的女孩儿甩掉。

那一天傍晚六点，他在校广播站做节目时，读了一封读者来信。

信是这样写的：

我一直爱你比你爱我多。我并不认为这是吃亏，相反我觉得这对我而言更是一种福气。我比你更能体会心跳的感觉，比你更能体会教学楼转角偶遇你的乍喜，比你更能感知失落与悲伤，也比你更懂得珍惜与付出。

你一直在享受爱，而我一直在实践爱。所以，这一场爱的旅程，我们都所有得。只是，它的寿命就是这么短。当缘分尽了时，我们也就该散了。

我的心确实感到疼了，但还是要往前走的。享受当下的生活状态，是我们一直以来都必须要选择的功课。以后的某一天，相信你会遇到一个爱她如生命的女孩儿。而我也会遇到一个懂得珍惜我的男孩儿。

祝愿我们在没有交集的时光里，都具有不留遗憾的魔力。

那一天，他的声音比任何时候都要温柔，都要好听，就像刚刚下过雨的西湖，清新舒服。他读完这封信，轻音乐适时地响了起来。

闺蜜的头枕在我的肩膀上。我问她，是不是后悔做了这样的决定。她摇摇头。

很多年后，我们都不再二十岁。我们眼角爬上鱼尾纹，皮肤开始松弛，身材开始臃肿。说起以前时，我们都羡慕要死。可是，没有人愿意回去。

闺蜜已是人妻，老公会疼人，儿子活泼可爱，婆婆公公也算开明。

她身体发福，抱着儿子上街时看到那些细腰长腿的女孩儿，总要忍不住气愤地说她们营养不良。说完还不忘补上一句："老娘也有年轻的时候。"

那一天，我问她，你还记得大学时那个高高帅帅的男生吗？她漫不经心地说："当然记得，老娘还甩了他呢。"

眉飞色舞之后，她忽然沉默。不过一会儿的工夫，她的儿子便把一颗棒棒糖递给她。她又笑得连眼睛都看不见了。

于是，我知道，就算我们能恢复到二十岁的光滑皮肤和怎么吃也吃不胖的身材，我们也不想回到那么青涩的年代。

我们终将与过去告别

我甚至觉得，宿亦凡就是电影里的刘建一。他们都为了不得不那样做的理由，弄丢了爱情。

我把金城武的电影找来，陆陆续续全都看了一遍。

《不夜城》被我放到了最后。看完之后，我觉得心里空得难受，像是有人以不流血的方式把心脏挖走一样。

我不知道这种难受，是因为我把金城武的电影全看完了而觉得空落落的，还是因为这部电影让人清楚看到爱情与生存之间的死结。

我长时间蜷缩在沙发里，享受或是忍受着心里窒息的感觉。

看到一部喜欢的影片时，我通常都要看两遍。第一遍看故事梗概，第二遍用来填充细节。即便时间不允许，影片的开头是一定要回放的。多半影片的开头已经奠定影片的基调。

所以，还是要从开场说起。

影片一开场，画面晃动着，周围的景物和人物都流动着。金城武饰演的刘建一穿着黑夜的衣服，走入黑暗的巷子，然后拐弯，接着前行，脸上没有笑容，也不流露悲伤。他就那样面无表情地闯入黑色的世界。

在那个黑色的世界里，有腥臊的气味，有非法的交易，也有隐藏着的陷阱，就是没有光明。就连霓虹，仿佛都是一种可以致命的大麻。

在这样的环境里，刘建一没有什么崇高的目标，也不想做什么盖世英雄。他只关心一件事：如何继续活下去。

是的。在他所处的世界里，以利用或被利用的方式生存下去，是大过天的事。

而在这样的人际关系中，如果出现爱情，那简直滑稽可笑，天方夜谭。

可是，偏偏刘建一误打误撞闯入了一个凌乱的房间，又不自主地打开了地板上的行李箱。

那个行李箱应该是罪魁祸首吧，里面是一些女性专用的东西，蕾丝的内衣，廉价的首饰，不精致的化妆盒，还有一包卫生巾。

在日后很长的一段时间里，他都暗自对自己说，他不应该打开那个行李箱。

世上只有骗人和被骗的两种人。这是刘建一立身处世的法则。可是，当他打开行李箱后，似乎一切都改变了。

行李箱的主人是小莲。一个和他生存在同样世界，有着和他同样生存法则的女人。美丽，风情万种，渴望被爱，却因为必须活下去而一直被伤害。

他们的相遇，更像是一场荒诞不经的侵入。来到彼此的身旁，似乎只为证明，爱情在活下去的欲望面前，不堪一击。

在那座不夜城里，在那个没有硝烟的战场上，他们都是扑火的飞蛾，都是漫无目的的蝙蝠。用尽全力，最终也难逃被毁灭的命运。

我一直在问自己，刘建一和小莲相爱吗？

我一直说服自己，他们是相爱的。

在每一个关键时刻，他都以为相信了她，想要拼了命他保护她，不让她再在男人强权的龌龊夹缝中生存，可总是差那么一点点。

他总是差那么一点点就相信她，所以在怀疑又占据上风的时刻，他只能拿枪对准她的头颅。

然而，当她把前因后果条分缕析说清楚后，他又心疼地把她拥在怀里。如此反复，爱情就在信任和怀疑之中如此纠缠反复，永远看不到尽头。

最终，在做爱情和生存单项选择题时，他把她拥在怀里，然后闭上眼睛缓缓开了枪。

那一晚，忽然下起大雪。她生前最喜欢纯洁的雪。他就那样抱着她冰凉的尸体任大雪覆盖。

爱你又必须毁灭你。因为我相信，如果你手中有枪，你也会做同样的事情。

这是这部影片，让我唯一感到欣慰且悲凉的地方。可是为什么，爱情一定要用伤害来证明？

不夜城还是不夜城，并没有因为谁的离去而改变。但是，他确实改变了。因为在和她玩生存游戏的那段时光里，他死了一般的生命是闪闪发亮的。

尽管，他不得不把她置于死地。

把这个电影从头到尾看了两遍后，已经过了午夜十二点。

我躺在床上，忽然想起已经很久不联系的宿亦凡。

从朋友那里听说，她在去年如愿以偿嫁进豪门。结婚的聘礼，足以在一线城市买下一套宽敞的房子。她那一直跳广场舞的妈妈，也扬眉吐气起来。

和她要好和不要好的朋友，都收到了婚礼请柬，我也在受邀之列。

我想，她这样做，无非是为了炫耀自己嫁入豪门的本事，而并不是她有多幸福。

参加婚礼回来的人都说，宿亦凡不再是一个平凡的人。可以看得出，她们都羡慕她。而被朋友们羡慕，宿亦凡就达到了目的。但只有一个人说，嫁入豪门就会幸福吗？

此话一出，所有的人都哄堂大笑。这年代还真有这么天真的人。

确实，在这个娱乐至死的时代中，把幸福挂在嘴边的人，似乎是最蠢最天真的人。可是我知道，宿亦凡是幸福过的。

她的脸上曾绽放过幸福的光彩。那时，她还像她的名字那样平凡，但是她有一个很爱她的男朋友。虽然，她的男朋

友穷得叮当响，可他把全副心思都用在如何让她开心上。

有一次，他们一起逛街走过一家西餐厅时，她的双脚往前挪动，眼睛却一直盯着窗子里的人和食物。

他没有说话，拉着她跑到附近一家超市里，买了一些蔬菜水果，两块很小的奶油蛋糕，以及两瓶 Rio 鸡尾酒。结账时，他从钱包里拿出来三张卡，要求服务员把里面的零钱刷光。

他做了一盘水果沙拉，一盘蔬菜沙拉，在上面浇上浓而不腻的沙拉酱。之后，他把这些食物分别装硬纸盒里，再把这些盒子放到一个大塑料袋里。

一切都准备好后，他又拉着她出门。坐了将近一个小时的公交，再走大约五分钟的路程，他们来到一个湖边。说是湖，其实就是一条有清水流淌的河沟。

他在地上铺一张布，把沙拉，蛋糕，以及酒都一一摆好，最后他又点上两根蜡烛。然后，他对宿亦凡说道："这是我为你准备的西餐，纯天然，不加任何防腐剂，就像我对你的爱一样。"

宿亦凡自然哭得死去活来。

那天晚上，他们把食物和鸡尾酒都扫荡干净，还被蚊子叮了一身包。但是，她觉得那是她所感受到的最浪漫的晚上。

事后想起来，觉得那都是胡闹。但她明白，以后再也找不到那样爱她的人，再也不会遇见那样纯粹的爱情。

宿亦凡不甘愿那么平凡，为了生活得更好，她必须寻找捷径。而最可行的捷径便是嫁入豪门，摆脱自己贫穷的身份。

之所以说可行，是因为宿亦凡长得非常美。更重要的是，她懂得利用这种美。

所以，当机会来临时，她必须做一道要爱情还是要更好的生活的单项选择题。

众所周知，她选择了更好的生活。

个人价值观念不同，我们谁都没有理由质疑或者鄙视她这种选择。

或许，如果我们有条件，我们也会做这样的选择。尽管，我们是那么爱没有钱却能制造幸福感的那个人。

后来，我又听说，宿亦凡过得并不像我们想象中那样好。

她丈夫经常半夜才回来，身上混合着酒气和香水的刺鼻味儿。她的婆婆像是电视剧里的老佛爷，一本正经的样子却爱挑是非。她的母亲总是抱怨她不懂得接济家里。

可是，她还是要撑下去。因为这是她的选择。

我甚至觉得，宿亦凡就是电影里的刘建一。他们都为了不得不那样做的理由，弄丢了爱情。

但我并不为他们感到悲哀。因为生活总要继续，他们曾经拥有过最深沉的爱。

所有的意难平，最后难免和解

他们遇见的时间刚刚好。杜振宇看尽风景，懂得朴素才是真。韶北沉浸在自己喜欢的事情上，希望和相爱的人这样安静地虚度时光。

毕业后，人们四散天涯。

年年在微信上嚷嚷着聚一聚，附和的人也大有人在。但是说定了时间和地点，临到场时人们又以各式各样的理由放了彼此的鸽子。

年年如此，以至于嚷嚷着聚会的人也觉得聚会简直是天方夜谭。

唯一能让人们聚集在一起，喝一杯酒，说说当年谁暗恋谁的方式，似乎只剩下了婚礼。

只要关系不错的人举办婚礼，大家就会打着送份子钱的名义辗转山水去见多年不见的朋友。

我参加过不少婚礼，送过不少分子，借这种方式见过不少老同学。

我们当年学一个专业，毕业后大家都散落到各个行业。有人已经成了主题餐厅的老板，有人在金融行业混得风生水起，有人则在微商行业捞了不少金，也有人脚踏实地做着勤奋的校园园丁。

在上学的时候，我们不算熟识，可阔别经年，再因某个人的婚礼聚在一起，就结成了亲密的关系。

一杯酒接着一杯酒灌下去，那些平日里不太说出口的话，也就顺着酒嗝涌了上来。然后，散场，各自拖着自己的身躯踏上回家的列车。

甚至，我们都没有留下彼此的联系方式。

上个周末，我又参加了一个婚礼。

新娘是我的初中同学，后来我们又上了同一所高中，考上了同一座城市的大学。毕业之后，她回家嫁给了一个年岁稍大的富商，婚礼仪式定在了当地最奢华的酒店。

许是为了炫耀她的如意生活，她把邀请函寄到了初中高

爱你像风走了八千里，不问归期

中和大学每一个同学的手中。虽然有些人没来，但这并不影响奢华婚礼的铺张排场。

初中同学韶北也在邀请之列，与她一起出现的是她的丈夫杜振宇。

韶北挽着杜振宇的胳膊走进酒店，熟识的同学纷纷将他们簇拥起来。那些不认识他们的人，也把目光投向他们。

这是有原因的。

韶北已有五个月的身孕，浑圆的肚子把宽松棉麻衣袍拱起来。而她并没有发胖，还是一张好看的瓜子脸。只涂了一点口红，但已足够出彩。

杜振宇也是我们同级不同班的初中同学，但他站在韶北身旁怎么也让人觉得滑稽可笑。

他只一米六八的个头，眼睛小得似乎睁不开，嘴一张又差点咧到脸外面，皮肤黝黑像是伏尔加河上的纤夫。

不知情的人，都认为杜振宇背后定然有一个富到可以挥霍无度的家庭，因此才娶得这样一位美丽且温柔的妻子。

他确实有一个殷实的家庭，但还不至于可以挥霍无度，而这固然算能拴牢一个女子的缘由，但并不是全部，也不是最重要的。

最重要的是，接触过他的人没有说过他一句不是。

我对他的了解都是从朋友那里听说来的。一个人说另一个人的好话，只能勉强算作恭维，而当一群人都在说同一个人的好话时，便多少有了一些可信度。

杜振宇就是一个被一群人说好话的人。

他够义气，把朋友的事情当成自己的事情，如果生在古代，他定然会为朋友两肋插刀。

他说话做事有理有据，从来不做损人利己的事情。他身上有一股绅士气度，看重礼节，虽然成绩在年级倒数，却深得老师喜欢。最让人钦佩的一点是，他懂得尊重女生，照顾女人的情绪，肯花时间听女生说那些不值一提的小事。

就是这样一个人，即便有一身丑到无敌的皮囊，依然深受人们喜欢。

初中时，人们都还单纯。对一个人的喜欢，除了看脸，还看人品。如果一个人的一举一动都让人觉得温柔细腻，难免会对这个人倾心。至于他的家庭如何，似乎还暂时未能进入人们考虑的范围。毕竟那时的我们只想恋爱，并未想到结婚。

韶北是新娘初中时的闺蜜，新娘是杜振宇初中时的女友。而如今，韶北成了杜振宇的妻子，杜振宇则要在妻子的陪同下看着当年爱过的女孩儿出嫁。

而这并不是最热闹的。

最热闹的是，杜振宇从初中到大学一共有四位前任，竟阴差阳错全都在场。

在懵懂的年纪，在还不知道什么是爱情的时候，他就在男生们的起哄中，牵起了一个女生的手。那个女生，就是这场婚礼的新娘。

那时，他说不上有多喜欢她。只是看见她脸上的酒窝时，就觉得开心得不得了。但是，女生成熟往往比男生早，她比他更清楚他们是在恋爱。而她理解的恋爱就是，相互属于彼此，不能再和其他异性说话打闹。

她是这样约束自己的，但杜振宇并不这样，他照旧和前后桌的女生们保持哥们般的友谊，尖叫胡闹，无法无天。她多次劝止，不起任何作用。

于是，她变得爱哭鼻子，他便很少看见她脸上的酒窝。就这样，因为看不到酒窝，他就觉得喜欢没有了任何意义。

那是一场连分手都没有说出口便结束的恋爱。

很长时间之后，他才又在下了雪的下午看见她的酒窝，只是那时候她已经不为他而笑。

在婚礼进行曲中，新娘和新郎携手走出来。

主持人极尽能事煽情，在这种境遇中，新娘自然要哭得梨花带雨才算好看。

但是，新娘没有掉一滴眼泪。她冲着台下笑得格外灿烂，脸上的酒窝像是盛着一汪清晨从叶子上集起来的露珠。

杜振宇抬头看着她，一只手还不忘搭在韶北的肩上。坐在一旁的我听到韶北说："这是她最美的时候。"然后，我看到杜振宇深情地看着妻子，眼神里满是感激。

韶北是识大体的女人，知道这样的场合一定不能输在姿态上。况且杜振宇时时照顾她的感受，平日里对她无微不至，她没有理由摆出一副小家子气，让丈夫难堪。

也是在这场婚礼中，我明白了为何韶北会在众多女人中脱颖而出，坐稳杜家儿媳这个位子。杜家就是需要这样一个不卑不亢且漂亮得体的女人撑门面，而杜振宇也懂得周旋妻子和父母之间的关系。

婚礼仪式结束后，宾客便一边攀谈一起动起筷子。新娘和新郎也走出宴客厅，到后台去换敬酒的衣服。

大家差不多都是新娘新郎的同学，即便有些人不熟识，也打过几次照面。所以，在这样的气氛中，谁都不是外人，谁也不见外，异常热闹。唯有我所在的这一桌，有些扭扭捏捏。

不知是新娘的特意安排，还是阴差阳错，除了新娘之外，杜振宇的三位前任都在一桌上。再加上韶北坐镇，吃起饭来多多少少有点尴尬。

我左边坐着韶北，右边坐着杜振宇高中时的前任。

我们关系不算亲密，但偶尔会从朋友那里听说她的消息。

她高一时是杜振宇的同桌，成绩一直保持在班里的前三。自习课上，杜振宇趴在桌子上睡觉，她就做老师发下来的模拟卷子。

下课铃声响起时，她正好做完，他就把她写完的卷子抢过来照着抄。开始的时候，她任由他这么做，到后来她实在看不过去，就给他补功课。时间长了，他们变成情侣。

她把心思花在恋爱上，成绩被甩出前二十。家长和老师对她狂轰滥炸，她一副不知悔改的样子。

那时的杜振宇，已经渐渐懂得真正的爱情不是捆绑，而是让她飞得更高更远。所以，他主动向老师提出调座位，刻意疏远她。

整个高中，杜振宇的成绩一直在底层游荡。

她多次让闺蜜给他传信，却始终没有收到过回复。更令她预料不到的是，班中开始传出杜振宇和她那负责传信的闺蜜恋爱的消息。

闺蜜和他并不澄清，这在她看来这便是一种默认。因而，她决定用恨来代替爱，而恨的方式便是发奋用功，超过闺蜜，坐稳第一名。

她做到了。但是，她也永远失去了杜振宇。

杜振宇和她的闺蜜假戏真做，真正成了一对情侣。只是，他们没有逃过毕业那一劫。高考成绩出来后，杜振宇刚刚够着专科线，而他的女朋友超出一本线将近三十分。

在离别前的那个晚上，他们牵着手在校园里走了一圈又一圈。他忽然问："你知道人们接吻的时候为什么一定要闭上眼睛吗？"

她停下来，面对着他，摇头。

他说："我猜是因为他们觉得对方太耀眼，所以睁不开眼睛。"

　　他缓缓闭上眼睛，接着说道："我觉得你现在就很耀眼。"

　　片刻之后，他觉得嘴唇被另一片柔软的嘴唇触碰了一下。等他睁开眼睛时，那个女孩儿已经跑远。

　　第二天，她坐着火车走了，他则被父亲送往国外。

　　新娘和新郎端着酒杯走到我们这一席，我们都站起来。

　　杜振宇细心地把韶北面前的那杯酒换成软饮料。新娘看见后，放开新郎的胳膊，慢慢地朝韶北走过来。

　　她轻轻抚摸韶北的肚子，一边抚摸一边说道："真羡慕你，韶北。"

　　韶北何尝不知，她得到的正是这桌人失去的青春。虽然，她们都有了自己的归宿，但看到曾经遗失的事物就在自己眼前时，又忍不住感到心酸。

　　韶北大方地让新娘抚摸自己的肚子，听她说羡慕自己的话。等她说完后，韶北不慌不忙地接过她的话茬儿，说了一句："我们羡慕你才是，你的婚礼可算让我们开了眼。"

好话谁不爱听，况且新娘费心费力把这些人们请来，就是要让人们开眼界。于是，新娘重新走回丈夫身边，做小鸟依人状与大家碰杯。

走向下一桌的时候，新娘还不忘拍拍杜振宇前任的肩膀："你们也赶紧学学韶北，人家可都有五个月的身孕了。"

我右边的那个同学，也只能尴尬地笑笑。倒是韶北吩咐丈夫把自己面前的那一盘糖给她们端过去。

不知怎么，我忽然想起微博上很火的一句话："如果哪天你带她去吃水煮鱼被卡了根刺儿，别怀疑，那就是我。我会躲过食物的冲击，坚挺地驻扎在你的喉咙里，划伤你说给她的所有甜言蜜语。"

我想这句话并不适用于杜振宇。因为，他不爱吃鱼，也不觉得疼痛。

这场婚礼的每个时刻，他都觉得再次聚在一起，是一种缘分，也是一种机会，一种让彼此都放下和释怀的机会。初中高中和国外的大学，他都遇到了点亮他生命的人。他感激这样的际遇。

大学毕业后回国，他继承父亲的地产事业。

压力大的时候，他就去地产大厦旁边的鲜果店里坐一会儿。第一次进去，他发现店主是初中的同学，却忘了她的名字。她笑着介绍自己："韶北。"

对，她叫韶北，当时嚷嚷着要开一家鲜榨果汁的店。这是杜振宇脑中存留着的与韶北有关的印象。

韶北问他喝什么，他回答道，喝她最拿手的。

她转身走进鲜榨室，他也起身跟过去，倚在门边。

他看着她拿出一个西柚，一个西红柿。

西柚稍微有点苦，番茄稍微有点甜，两者配在一起正好把苦涩冲淡。榨好后，韶北将其倒进一个菱形的玻璃杯中，又在杯沿上洒了一点砂糖，给人一种好像制作鸡尾酒的感觉。

或许就是在那个时刻，杜振宇爱上了韶北。

他们遇见的时间刚刚好。

杜振宇看尽风景，懂得朴素才是真。韶北沉浸在自己喜欢的事情上，希望和相爱的人这样安静地虚度时光。

很自然地，他们在最好的时刻，成为恋人，成为夫妻，如今又要像父母那样做爸爸和妈妈。

而他那些前任们，也只能遗憾着，羡慕着，并努力过自己的生活。

她们确实在他的生命中绽放过，但只有韶北一个人，在他的生命中永远不会凋落。

我与春风皆过客

云端的飞鸟和海底的游鱼，把所有的运气都用在了相遇上，因而相守就成了一种难得的奢侈。

认识徐子璐那一天，我心情异常低落。

和朋友坐在一家牛排店里，无所事事地喝着一杯红酒。

店的老板是能说一口流利汉语的意大利人。

店很小，里面只有六张桌子，但通常挤满人。

去的人都是回头客，大家渐渐便熟识。

老板有时候也会点一支烟，拿一杯酒坐到我们中间，对我们说他的家乡佛罗伦萨小镇的风光，或是听我们当中的某个人说自己遭遇的奇葩事情。

那一天，窗外阴沉，乌云厚重，随时可能淋湿这家小店。但我们都属于心中落有灰尘的人，希冀雨水把飞扬着的灰烬冲走。

闪电划过玻璃窗时，徐子璐说出的话对我们而言就是一道震彻耳膜的雷声。

"我想去整容。"

仅仅五个字，却足足令我们愣了一分钟。

雨点像石子一样击打着窗户，虽然是夏至日，但从门缝里钻进来的风竟异常凛冽。

惊愕与震撼过后，与她一起来的闺蜜终于以玩笑的口吻化解了尴尬与躁动的气氛。

"你又不是范冰冰，整了容也没人关注你。"

这时，意大利老板咽下一口酒，眯着眼睛说道："范冰冰是个美人，你也是个美人，都不用整。"

我们顿时笑得东倒西歪。

之后的时间里，我们没有继续整容的话题，那个经过暴雨洗刷的下午也很快过去。

我们成群结伴走出那家小店时，雨已经停了，黄昏的光晕投放在低洼的路面上，让人有种一切都会过去的错觉。至于徐子璐那句信誓旦旦的整容，我们只当听了一段黑色幽默。

以后的几个周末，我和朋友又接连去过几次牛排店。

店里依旧人满为患，老板依然坐在我们中间侃大山，但我们都没有见过徐子璐。

这个世界少了谁都照常运作，黎明如约而来，黑暗悄然而至，没有什么会为一个人停在原地。因而，没有人问起徐子璐为什么很长时间不出现，甚至没有人提起她的名字，仿佛她从来没有存在过一样。

我们吃牛排，配红酒，听没有歌词的轻音乐。沉重的一天，很快就过去。

当我们几乎快要忘记徐子璐这个人时，她又在牛排店出现了。

只是，她走进来的时候，我们都没有认出她。

那时，窗户上已经结冰，我们身上已经碾过了一个秋季。

我们正围在一起有一搭没一搭地聊一些根本算不上话题的话题，嘴里呼出来的呵气让眼前的每一个人都仿佛带上了一样的面具。忽然，一个戴着口罩的女孩儿挤进我们中间，熟络地加入我们的聊天。

我们七八双眼睛都定格在这个女孩儿的脸上，觉得她熟悉，却又不敢叫她的名字。

"都不认识我了？我是子璐呀，徐子璐。"她把口罩摘下来，好让我们看清楚她的脸。

听她的声音，我们都相信她确实是徐子璐。但是，总感觉哪里不对。

徐子璐的眼睛是丹凤眼，而这个女孩儿的眼睛变成了双眼皮的大眼睛；徐子璐的鼻子是高挺的，而这个女孩儿的鼻子似乎有些平坦；徐子璐的唇线极其明显，而这个女孩儿的唇线似乎有失分明。

是的，这个女孩儿是徐子璐。但是，她并不比徐子璐好看。

简而言之，夏天的那个暴雨天，我们听到的并不是黑色幽默。徐子璐真的跑去整容，为自己换了一副面孔。

女人不顾万人阻挡去整容的目的只有两个：变漂亮和变得更漂亮。如果没有达到这个目的，那只能说明整容整失败了。

然而，徐子璐没有变漂亮或是更漂亮，并不是因为整容失败。

她要求整容师把她变成这个样子，并为此花光了她所有的积蓄。

不知是谁说外面下雪了。我们齐齐转过头去，看到雪花落在窗台上，顷刻之后又化为雪水。

这是雨的另一种形态吧。就是在夏天那个下雨的午后，徐子璐告诉我们要去整容。

看到我们脸上不可置信的表情，她从包里拿出一张照片放到桌子上，告诉我们，她就是按照照片上的这个人整的。

潜伏太久的好奇心终于苏醒过来，我问她这是谁。

"这是我前男友的现任女友。"

女人就是这么一种反人类正常思维的人。在热恋后又失恋的女人，就会变得更加不可理喻。

徐子璐花光所有的积蓄，只为把自己漂亮的脸蛋换成前男友的现任女友的大众脸。

意大利老板端来七分熟的牛排，看了看挤在我们中间的徐子璐，幽默地说，有的美人最爱维护世界和平。

我们又一次被老板逗笑，但笑后又都陷入沉默。

而徐子璐在这片寂静之中，说起她的无奈。

她的前男友叫高翰，家境与工作都一般，但他有两个让人难以拒绝的优点：颜值高，情商高。

他们第一次见面是麦当劳，她捧着一杯咖啡坐了整个下午，他则坐在离她不远处在电脑屏幕上画了一下午工程图。

临近六点的时候，麦当劳里的人渐渐多起来。他收好电脑，非常大方地走到她面前："你都坐在这里一下午了，快发霉了吧，我去带你晒晒太阳。"

她惊讶又惊喜，一张嘴并不饶人："太阳都落山了好嘛。"

"太阳就在我这里。"他指指自己左心房。

就这样，她乖乖地跟他在身后。

两年前那一幕，现在想来根本就是电影中的场景。但是，她不介意陪他演一出浪漫的戏。

很快，他们成了情侣。不管白天黑夜，他们一有时间就去晒太阳。热恋的温度，足够让一盆冰水沸腾。她丝毫不掩饰自己对他的爱，在朋友圈大肆地炫耀着。

一开始太用力，热情往往会很快消耗尽。男人毕竟被一根理智的线时时拉着，不至于失控掉入深渊，而女人只会比以前更依赖。

热情慢慢消退后，高翰那所谓的可耻的自尊开始伸长触角，潜入到他和徐子璐的恋爱生活中。

她比他家境好，吃穿住行自然比他要好一些。她不费吹灰之力就能享有的东西，他需要放弃很多个夜晚的睡眠才能获得。

去餐厅吃饭，去咖啡馆喝咖啡，去游乐场游玩时，他的自尊心不允许她支付费用，但是他自己支付又太过费力。时间长了，每当她要求出去吃饭游玩时，他总是以忙为借口委婉地拒绝。

两人的感情，在争吵中渐渐淡漠。徐子璐和高翰感情的冷淡亦未能免俗。

徐子璐觉察到高翰的心理状态后，便把家境好的锋芒全部收藏起来。

她不再频繁地添置新衣，不再挑剔餐厅的格调，把咖啡换成矿泉水，把生活费减至最低限度。

她为他从一个骄傲的女孩儿变成一个平凡的女孩儿。她并不觉得自己失去了全世界。相反，她觉得自己拥有全世界。而高翰就是她全世界的中心。

可即便如此，高翰还是没有办法安抚自己那脆弱的自尊心。有一次，他甚至躲避了她整整一个星期。

迁就的结果，无非让两人的距离更加遥远。

她终于决定去公司找他，想开诚布公地与他谈谈心。

她想着，自己还有退让的空间，还可以为他做出改变，只要他像最初那样无所顾忌地带她晒太阳就好。

他们坐在公司旁边的那家麦当劳里，一直等到午餐时间过去，人群渐少才开始说话。

开始的时候，她并没有说他们感情的现状，而是讲起他们第一次见面时的场景。她毫无缘由地跟着他在太阳落山后晒太阳，荒诞不经，可是满心都是细碎的幸福。

说着说着，她声音带了哭腔，却忍着不流眼泪。因为他曾说过，爱哭的女孩子都是娇气的人。徐子璐不想给他留下这样的印象。她抓起一大把薯条塞进嘴里，嘴巴满了，眼泪就被逼回去。

平复下来后，她握住高翰的手，希望从此以后两人坦诚相对。

一直沉默的高翰终于开口说话。那些话，是他说得最小声，杀伤力却最大的话。

他说，对他而言，徐子璐只适合短时间恋爱，而不适合长时间相处，更不适合结婚。他只是一个平凡的人，适合过平凡的生活。

很显然，高翰在说出这番话的时候，已经做出了决定。

她把他的手攥得更紧，而他只是任由他攥着。或许，无动于衷，就是这样的感受。

说不上谁对谁错。

云端的飞鸟和海底的游鱼，把所有的运气都用在了相遇上，因而相守就成了一种难得的奢侈。

徐子璐终于放肆地哭出来，眼泪和鼻涕都黏在脸上。纸巾已经没有办法擦去她的伤痕。

高翰安安静静地等她哭完，温柔地为她拭去半干的眼泪。

两人一起走出麦当劳时是下午三点，阳光刚刚好。但是，徐子璐已经感受不到温暖。

他们一个向左拐，一个向右拐。从此走向陌路。

"你还没有忘记他吗？"

"早就忘了好吗？"

"我有说我在说谁吗？"

徐子璐和闺蜜这一来一去的对话，彻底打败了她的假装坚强。

她知道，在她和高翰分开不久，高翰便找到所谓的平凡的女孩儿。

那个女孩儿长相和家境都一般，不去咖啡厅，不去游乐场，早餐和晚餐自己在家做，午餐带便当到公司。租住的房子在偏远的郊区，价格低廉。

高翰觉得，他适合和这样的女孩子过日子。

徐子璐问闺蜜，怎样才能挽回高翰。闺蜜白她一眼，揶揄地说道，除非她变成那个女孩儿的样子。

她竟真的从高翰的朋友圈里截了一张他现任女朋友的图，跑到韩国一家知名整容机构把那张截图给整容师看，示意要整成那个样子。

整容师再三向她确认，她都郑重地点头。

我们都说她太傻。她说她是太爱他。

从韩国回来，她以最平凡的

姿态去见高翰。高翰在错愕之中，只觉她这样做未免太任性，对自己太不负责。

世间并不存在回心转意这件事。碎了瓷瓶，很难重新黏在一起。

那一段时间，徐子璐时常中午偷偷出现在高翰的公司里。而每一次，她都会看到高翰和现女友一起吃从家里带来的便当。

她逐渐知道，他们中间挡着一道无形的巨墙。

她在向我们讲述她的故事时，语气轻松。反倒是我们长吁短叹，无限悲伤。

她告诉我们，她打算再去一次韩国。这一次，她要拿着自己最好看的照片去，让整容师再给她整回来。

她想变回最初最本真的自己。

老板听到她又会有一段时间不能来时，决定把我们那天的酒水全部免单，就当作是为她送行。

我不知道再次整容后，她会变成什么样子。但我知道，时间一定会医好她伤口的疤。海底另一条鱼，正奋力朝她游过去。或许他们相遇还要等很久，但那个人一定会在合适的时间里赶到。

往后余生，不怕迷茫

男人要经历两次恋爱才会真正成熟，一个教会他成长，另一个教会他如何去爱。当第三个人出现时，他便决定真正安定下来，把那个女人的幸福当成自己的使命。

自失恋以来，景之许瘦了整整十斤。她从来没有想过，减肥成功竟要这种方式。

由于魂不守舍，她在工作上频频出错，拟合同时竟在七位数字的款项后面多加了两个零。

公司损失惨重，不得不对她做出处分。她也知道自己的状态不适合继续在公司待下去，因而向公司提交了离职申请。

领导自然要做出挽留的姿态，好让离职的人心里好过一点，以后大家不相往来，且没有利益纠纷，聪明的人都乐得做这个顺水人情。

果然，她的领导虽然此前对她的失误极其愤怒，但当他收到申请书时，还是扬起笑脸，说起景之许为公司做出的贡献，以及平时兢兢业业的工作态度。最终无话可说时，他又补上一句，觉得非常可惜，希望她再考虑一下。

说这话时，他其实是心虚的，因为他实在害怕景之许改变主意。

　　然而，创伤已经把景之许折磨得筋疲力尽，她再也没有力气去和这群精明到极致的人周旋。所以，她肯定地再次请求领导批准。

　　领导抓住时机，挥手在申请书上签上自己的名字。他的嘴角却不自觉地上扬，终于甩掉了这个包袱。

　　是的。失恋后的景之许，变成了别人眼中的包袱。

　　爱得太用力的人，往往落得这样的结局。看来，爱情之中，一味地付出，往往空手而归。

　　离职后，景之许没有立即去找工作。她有一点积蓄，足够空当期内养活自己。于是，她回到了老家安徽宏村。

　　父母早在十年前离婚，又各自找到新的伴侣，旋即离开了这个充斥着疼痛回忆的地方。

　　值得庆幸的是，那座临水的房子并没有被卖掉，而是转到了景之许名下。

景之许以前并不叫景之许。

十年之前，她随父姓王。但父母离婚之后，她觉察到了爱情的无常。既然作为爱情纽带的使命已经结束，她又何必再在这个姓氏上纠缠。所以，在她有足够的能力养活自己的时候，她到相关的机关里改了姓氏。

以后，王之许就变成了景之许。

以前的朋友见到她还是习惯叫她王之许，但她总是固执地拿出新的身份证指给朋友看，让他们叫她景之许。

就这样，人们渐渐遗忘了王之许。

她曾经狠狠发过誓，要么永远不要恋爱，要么把第一次恋爱当成最后一次恋爱，与初恋结婚，并亲眼看着对方由青年变为中年再变为老年，直到死。

她不要走父母的老路，觉得那是一种难以言说的耻辱。

在未曾尝到爱情的苦涩之前，她从来都不知道，他们也有自己的苦衷。或者说，爱情也有寿命。

很多年后，景之许满身伤痕，狼狈地回到宏村那栋临水的房子里。

外面的一切时时刻刻在发生变化，唯一不变的就是宏村。而这里仍旧像很多年前那样，天那么蓝，云那么白，水那么清，时间在这里仿佛是凝固的。

房子的大门上了锁，锁常年被雨淋湿，已经生锈。景之许几次把钥匙插进去，却始终转动不了。

一把被永久保存的钥匙，也打不开一把过时了的锁。

无奈之下，景之许走上一里地来到大伯家，让大伯用锤子硬生生把那把锁砸开。砸开的那一刻，那把钥匙显得格外多余，那把锁也被毁坏。

这多么像一段结束的爱情，过去的温暖一笔勾销，两人心里留下一个被掏空的洞。

景之许把锁扔到河边，把钥匙使劲抛向相反的方向。等到把院落和屋内全都收拾好，已经是黄昏。

她坐在门口，看着胭脂般的天色，映在明晃晃的静静流淌的河中，有种要在这里躲一辈子的冲动。

她就那样一直坐着，坐到了深夜。心里千回百转的，无非是她和前男友那些芝麻大点的事儿。

当然，在想这些事儿时，她故意略掉悲伤的部分，而只留下快乐的部分。她本想借此取暖，却更觉得悲凉。

晚上，她躺在用木板搭的床上，盖着白天中午晒过的毯子，沉稳地睡去。半夜忽然醒来，一摸脸竟把手心湿透。

在这里，她醒得很早。六点钟，她就起身去开大门，并拿起扫帚打扫院子。她必须让自己忙碌起来，随便干什么都可以，只有这样她才有可能挤走那些纷纷扰扰的回忆。

上午正在河边淘洗衣服的时候，景之许看到有一个穿着讲究的女人一直在她的家门口走来走去，从大门走到房后，再从房后绕到门前。在这期间，那个女人还时时举起挂在脖子上的单反拍照。

按理说，景之许应该上前去问个清楚的。毕竟，她是这座房子的房主。但是，她已经懒得和陌生人打交道，懒得开口说话。因而，她继续洗衣服，并不时回头看那个女人一眼。

终于，那个女人走到景之许旁边，客气地问她，这间房子的房主是谁。

景之许指指自己。那个女人连忙递上名片，说明自己的来意。

原来她是某个小型影业公司的负责人，正在制作一部小众电影，想把这座临水的房子作为取景地，租金不菲。

景之许想到，如果她的房子成为取景地，这里就会变成嘈杂的菜市场一样，也会像是一座小型的都市。景之许刚从都市中逃出来，怎么会再把清静的地方变成另一座都市。于是，她带着微笑摇摇头，委婉地拒绝了那个女人的请求。

那个女人指指合同单上的租金，表示可以再往上涨一些。景之许还是摇头。

之后连续两天，都有不同的人来到这里，请求她答应他们的请求，并说即便这里作为取景地，她仍旧可以住在这里，像往常那样生活。等到拍摄完毕，会把这座房屋里的摆设恢复原貌。

她看出这些人的诚意，再加上对拍摄电影有一定的兴趣，便点头应允。

第二天，与这部电影相关的人陆续来到这里。

导演带着墨镜和编剧一直讨论某些细节，不时传出争执声。

女一号和女二号不时把脸凑在一起自拍，唯一的男主角则摆出一副事不关己的样子。至于其他无名小兵，总是小跑着穿梭在各个场地里。

这个剧场，就是微缩版的人间。景之许变成唯一的旁观者和观众。

中午吃过饭，她就去最西面的卧室里睡一会儿。睡熟后，她梦到自己和前男友分手的一幕，她把尊严全都丢得远远的，紧紧抓住他的袖口。见他无动于衷，又蹲下身啜泣，声音由小到大，最终变成嘶吼。

任何女人，无论用什么方法都留不住一个心已经不在这儿的男人。

最终，她跪在原地哭成泪人，而他依旧无动于衷地走出她的视线，离开她的世界。

景之许蓦然惊醒，穿着睡衣拉开窗帘。

外面不知何时已经下起大雨。

导演坐在摄影机后，女一号全身被雨淋透，妆容也有些花了。她紧紧拉着男主角的手，说道：

"你说过你会永远爱我的。"

真是可笑。女人竟把这种随便说说的话当真。

"我们重新开始，好不好？"

她仍旧做最后的努力。

"你告诉我哪里不好，我全都改。"

相爱的时候，连缺点也爱。不爱的时候，优点也是缺点。

男主角终于轻轻把她的手拿开，郑重地声明，他们已经结束了。

然后，他撑起伞，一步步离开。

真是奇怪，男人在关键时刻总是能做到全身而退。女人则试图让大雨浇灭她的悲伤。

景之许心想，这不就是在演自己吗？

本想忘掉伤疤，却来了一班人重新把失恋的场景再原汁原味回放一遍，想想就觉得滑稽。

在她走神的时刻，导演喊了一声"停"。立即，跑腿的小兵便给哭泣的女主角撑起伞，递上一杯热水，裹上厚重的毛巾，领着她到院落东边的帐篷里换下湿衣服。

是的。这只是一场戏，可是演员也应该经历过失恋吧。如果没有，那怎么可能演得这么逼真。

时间过得格外快，电影拍摄工作却进行得十分缓慢。

分手的戏份拍完后，中间由于天气、道具等等因素，几经停歇。

在暂停的日子里，演员多半用来背台词，偶尔也会聚在一起聊天。景之许心情好的话，也会加入到他们的聊天中。

她问这个电影讲了一个怎样的故事。

有人开玩笑说，这得去问编剧，剧本一天一个样，今天刚把下一场的台词背熟，等到第二天演出时，台词就被改得面目全非。

有人接过话茬，编剧也不是好做的，天天改到凌晨三四点，这些都是导演的指示。他灵感一迸发，全剧的人就得跟着忙碌。

景之许这才知道，原来剧情是可以随意变化的，结局也是可以改写的。

在一场夜戏中，女二号和男主角总是被导演喊停。

从傍晚到凌晨，这场戏一直没有达到导演预想的结果。其实，所有的动作语气都到位，只是演员的表情不对。

那一场戏是男主角离开深爱他的女友，和作为第三者的女二号在街上拥抱。

周围人潮涌动，雨也停歇，他奔跑着来到约定好的地方。

按照常理而言，拥抱的那一刻，两人都是带着目的达成的窃喜。然而，导演说他们的感受不仅仅只有窃喜，也应该有悲伤。

怎么会有悲伤？

怎么可能一边窃喜一边悲伤？

因而，到最后，两个演员累得筋疲力尽，心中满是挫败感。

景之许问站在一边的编剧，一个人能做出那样矛盾的表情来吗？编剧答非所问，说这出戏是导演执意要拍的，因为这是发生在他身上的故事。

年轻的时候，他不懂爱情，经不起诱惑，弄丢了最爱他的女人。当他狠心离开，投入另一个女人的怀抱时，才真正感受到爱情的无常。

回头，是永远走不通的路。所以，那一刻，他抱着眼前的女人，一面欣喜，嘴角上扬；一面疼痛，眼睛看起来像是要下雨。

原来，天下的失恋故事，异曲同工。

景之许接着问，这个故事有一个美好的结局吗？

编剧说，是的。

她又问，男主角和女二号结婚了吗？

编剧回答，没有。他娶的是另外一个。

景之许不明白，这样的结局怎么算美好。

编剧耐心地告诉她，男人要经历两次恋爱才会真正成熟，一个教会他成长，另一个教会他如何去爱。当第三个人出现时，他便决定真正安定下来，把那个女人的幸福当成自己的使命。

景之许的眼睛像泉眼一样流出一汪水，她知道积聚在心里的很多东西从这里流淌出来了。那一刻，她终于肯原谅离她而去的人，也肯放过自己。

那个矛盾表情的戏份，导演留到了最后。

在最后那一场中，依旧是涌动的人潮，亮着昏黄灯光的街道。男主角和女二号缓缓地靠近，镜头渐渐拉近，周围的人潮渐渐退去。他冲着她笑，笑着笑着就笑出眼泪。她站在离他最近的地方，伸手抹去那些眼泪。

整整五分十七秒，导演没有喊一句停。

第二天，相关人员付给景之许租地尾款后，整个剧组收拾东西离开了。

临水的房子又陷入寂静。

景之许决定再一次离开这里，去失去的地方重新寻找属于她的幸福。

4

我会因为你变得更好，
但不是为了你

我曾想随风飘扬九万里

美丽的风景蕴含着悲伤的故事，悲伤的故事总是发生于美丽的风景中。

1

巴黎的蒙马特地区，聚集了太多的导演、画家与歌者。

这里似乎没有白天与黑夜之分，不管任何时候都繁华喧闹。尤其是红磨坊街区，更是热闹非凡，一路上都是令人垂涎三尺的美食，精致到极致的饰品，以及香气扑鼻的鲜花小店。

来到这里，缘于影片《天使爱美丽》。

主角艾米丽精灵古怪，却孤独善良。她一直渴求爱情，却从不轻易开始一段爱情。她暗恋一个人，却不敢对他说出自己的心声。于是，她在默默等待中孤独着，寂寞着，也在不知不觉中错过着。

她所工作的双磨坊咖啡馆中，最不缺少的就是恋爱的人。让人们穿梭于这家咖啡馆的，除却香味醇厚的咖啡和甜点，就是具有万千滋味的爱情了。

追随着艾米莉的脚步，我抵达法国，把行李放在酒店里后，就着四通八达的地铁来到了蒙马特。下车后，我穿过川流不息的人群，步行来到了双磨坊咖啡馆。

双磨坊咖啡馆门口，挂着红色的照片。走进去之后，会感觉真的置身于电影场景中。相比于巴黎左岸咖啡馆，此处更随意，更平民化一些，因而人们也更健谈。相识与不相识的人，因聚集在这家咖啡馆里而有了共同的话题，就像影片中那样。

我点了一杯浓缩，配了几块松仁巧克力，便找到一个位置坐下。

吧台上挂着艾米丽的剧照，我想拿出照相机与那张剧照合个影，但由于不好意思，便一直坐在自己的位置上喝咖啡吃巧克力，时不时摆弄放在桌上的相机，瞅瞅吧台上的那张剧照。

旁边一个女孩儿或许看穿了我的心思，主动靠过来用英语问我是不是想找人拍照。我一阵欣喜，深深点头。

她热情地拉着我，走到吧台前，向正在点餐的人们说声"sorry"，便把我安置在合适的位置，将我和墙上的剧照，以及吧台后的老板一起纳入照片中。

随后，我们一起坐在原位上聊天。

她指指不远处座位上的那个男人，说他曾经追求过她。

她又指指正在为邻座端来咖啡的年轻服务生，也曾经对她示好过。但是，她至今独身。

她问我，是不是有男朋友，我点点头。她又问，我们是否相爱，我又点点头。她蓝色的眼睛里流露出羡慕之情，这让我深感意外。

她有一头金黄色的头发，五官非常美丽，再加上白皙的皮肤，以及凹凸有致的身材，怎么会得不到爱情？

她则告诉我，漂亮有时候也是上天给予的惩罚。

苦于没有求生技能，又急于赚钱离开那个早就破碎的家，她曾在红磨坊红灯区工作。生命中闯入过太多没有姓名的男人，以至于她失去太多享受爱情的机会。

她曾经真切地喜欢上一个来找她的客人，但他有妻子孩子，肩上扛着责任和事业。他允许自己与别人发生一夜情，却拒绝固定的情人。

那个人再也没有出现过，却在她的生命里留下了永恒的印记。

她明白红灯区的工作只是暂时的，当皮肤松弛，年龄大了后，她就会自动失业。所以，在攒够了钱后，她从那个嘈杂错乱的环境中退了出来。

如今，她在这家咖啡馆工作，一周上五天班。我去的那一天，正值她休息。但因无处可去，她就坐在这里看人们来来去去。或许下一个推门进来的人，就是她要等的人。

天色渐暗，我向她拥抱道别。

她的头发散着香味，淡淡的，若有若无。就像她那颗等待爱情的心，并不刻意，却真诚期待。

走出很远后，我回过头去看那家咖啡馆。那里依旧人流如注，我想她一定会遇见适合她的那个人。

2

去的最远的地方，要数地球最南端的阿根廷。

那确实算一场任性的旅行。

那时，我对阿根廷一无所知，只知道南美洲，离中国很远。之所以誓死都要去那里，全都是因为一部《春光乍泄》。

那是一部意乱情迷的电影，是黎耀辉和何宝荣演绎的爱与被爱，寻找与放弃的故事。

虽然，这样深情的爱，存在于同性之间，但丝毫没有影响爱的表达。

有人曾说，所有深沉的爱，都没有性别之分。这话我是信的。

所以，黎耀辉的一句"不如我们从头开始"，才有那么大的震撼力。

一路向南，我终于和相爱的人一起来到了阿根廷。这里与我想象中有所不同，但那种潮湿的暧昧气息，却让我有种站在片场看电影的感觉。

壮观的七月九日大道，色彩斑驳的博卡，倾泻而下的伊瓜苏瀑布，以及断肠之城乌斯怀亚，都是王家卫镜头下的场景，也是我们要探寻的地方。

这里有各种肤色的人，说着各国的语言，人们看似懒散拖沓，实则像是一出优雅缠绵的探戈，节奏高低起伏、不紧不慢，舞步舒缓却又具有紧凑的挑逗性。转身与仰头之际，仿佛就会酝酿出斩不断的情丝。

在租车去伊瓜苏瀑布的路上，我们遇到了两个女生。她们来自香港，操着一口流利的英语，说起中文来却有些磕磕绊绊。

我们一前一后驱车向伊瓜苏瀑布行驶，路上的风格外猛烈。我们的车子在路上突然抛锚，只得停下来。

她们跟在我们后面，也熄了火。

我男友拿着各种工具修车，我和她们两个拿着带着的饮料喝起来。

看得出来，她们是一对情侣。动作亲昵，言语闪烁暧昧，时有争吵却立即雨过天晴。

我并不介意她们在我面前调情，我懂得尊重与宽容是每个人都该具备的素质。

她们其中一个人问我，为什么想要去看伊瓜苏瀑布。

我很坦诚，我说我并不喜欢看瀑布，驱车去那里不过是中了电影的毒。

她们笑笑，并不觉得有什么不妥。毕竟，走遍喜欢的电影中的每一个场景，也算是一个华丽的梦想。

　　我反问她们去那里的缘故，性格开朗的那个女生便牵起旁边女生的手，很郑重地说道，那是她们的约定。

　　我动容。

　　抛锚的车子再次启动时，已是两个小时之后，男友晒得满身是汗，我从包里拿出纸巾为他擦拭。她们双双走过来，祝福我们。我报以微笑，并虔诚地说道："也祝福你们。"

　　她们一怔，随即露出感激的笑容。我想，或许这是她们得到的第一声祝福。

　　如今已经不大记得伊瓜苏瀑布带给我的震撼，只记得那两个女生紧紧牵着手，任由瀑布溅起的水珠滴落到她们脸上。

不知情的人会以为，那是满脸的泪水，而我知道她们闭着眼睛笑得很灿烂。

而电影中的黎耀辉，一个人站在瀑布底下，知道"从头开始"不过是遥不可及的镜花水月。

影片中还有一个镜头令我记忆深刻——

流落到阿根廷的张宛来到美洲最南端的"世界尽头"。在那里，他只有一个念想：到了尽头，我想回家。

我们没有去世界尽头，因为还有很多地方等着我去，还有很多故事等着我去讲述。

3

这些年，一直马不停蹄奔赴电影中的场景。因为喜欢看《海角七号》，去了台南的阿嘉的家；因为喜欢看《花样年华》，去了香港以及柬埔寨吴哥窟旁边有树洞的热带雨林；因为喜欢看《爱在》三部曲，去了法国塞纳河边；因为喜欢看《罗马假日》，去了意大利的罗马。

流连于这些场景，固然因其美丽的景致，也更因为可以从这些小镇与城市中，体会故事中的喜怒哀乐。

美丽的风景蕴含着悲伤的故事，悲伤的故事总是发生于美丽的风景中。

在这个世界任意穿梭时，我才能真切感受到自己存在的意义。

一个人就一个人，我依然憧憬爱情

生活这么枯燥，工作也这么枯燥，而爱情总有点石成金的功效。

邵贝幸的名字是父母两个人一起取的。

邵是父亲的姓氏，贝是母亲的姓氏，最后的幸字，既代表她是父母爱情幸福的结晶，也希望她能幸福地成长。

讽刺的是，她的父母在她五岁时便离异。

为了争夺她的抚养权，两人在法庭上大打出手。

那时，她已经有记忆。虽然不清楚为何最后跟了母亲，但是两人扭打的难堪画面，一直伴随着她的生活。

自五年级开始，便有男孩子送给她糖，试图赢得她的好感。她大方地把糖含在嘴里，却从来不正眼看他们。

母亲和朋友开了一家翡翠首饰店，熟客时常上门来，生意也算红火。所以，邵贝幸从来没为生活费伤过脑筋。父亲时常好几个月不露面，只是按时寄来微薄的钱财，以此证明他们之间确有血缘关系。

年岁渐大，她出落得越发好看。也曾与几个男生约过会，但从未正式确立过情侣关系。她只是对他们有好感，却从心底不相信世界上真有爱情这回事。

她正值妙龄，却比男性还要理智。

五岁时父母那场争女之战，给她的生活烙下抹不去的伤疤。

大学时，邵贝幸选了时装设计专业。同学们利用专业优势争奇斗艳，仿制国际大牌新款服饰，而独独邵贝幸设计自己原创的衣服，特立独行，倒也别有新意。

她设计的服饰，只有两个色调，白色和黑色。

在她的世界里，非黑即白，不存在中间的过渡色彩。

她不迷恋彩色，她说彩色是最蛊惑人心的颜色。它给人以幻觉，让人在误以为真的时候又赤裸裸地揭露真相。

毕业之后，她拿着自己的设计跑遍各个服装企业，对方都以设计的衣服太单调拒绝。其中有一家企业问她，愿不愿意按照他们的想法设计当下流行的衣服。她礼貌地摇头。

她是倔强的人，是不肯妥协的人。同时，她也是最孤单的人。

爱你像风走了八千里，不问归期

四处碰壁后，她在母亲的资助下建立了一家小型的服装设计工作室。

　　为了节省开支，她只招了一名业务助理，负责把她设计出来的服饰，推广到各个企业中。

　　有了自己事业的女人，更没有时间恋爱。

　　她的工作室渐渐被行业认可，有了一定的知名度。而她已三十有二，成为一名真正的大龄剩女。

　　母亲一直问她最近有没有和男人交往，她只得一味推脱，说还没有遇见合适的。母亲替她着急，对她说不要再挑，差不多的就将就一下。

　　她忽然被惹怒，对母亲说将就的后果就是离婚，还要死死争夺一个拖油瓶。母亲被呛得说不出话，自此之后不再刻意去问她的事情。

　　邵贝幸觉得出口重了，却不愿低头认错。她想，至亲之间，都要这么顾忌面子，更何况是情侣之间。

　　她心中始终有死结。

　　业务助理二十七八岁，也是单身。两个女人惺惺相惜，把工作当成打发时间的唯一利器。

　　邵贝幸并不知道，除却设计纯色的服饰，她在做媒人方面也有天赋。

　　那天下午四点钟，一个大客户的秘书前来拿设计稿，邵贝幸吩咐助理去泡茶。她们正低着头讨论刚刚设计好的服饰细节时，有人自门外走进来，安静地坐在办公室的一角。

过了一会儿，邵贝幸抬起头来，看到表弟的眼睛紧紧盯着秘书的后背，便立即知道表弟已被这个认真工作的女孩儿吸引。因而，她吩咐助理提前下班，自己也以到对面买杯咖啡为借口走出门。工作室里只剩下表弟和秘书两个人。

邵贝幸掐准时间，足足过了四十五分钟才捧着三杯咖啡往回走。

站在玻璃门前时，她看到表弟和秘书絮絮叨叨地谈话。她笑着走进去，表弟喜笑颜开地转过头来说道，是咖啡的味道。她巧妙地更正他："不，我闻到的是爱情的味道。"

果然，秘书在完成工作任务后，与表弟双双离去。

她陷进座椅里，不禁唏嘘，为什么在别人那里，爱情是那么简单的事。

其实她明白，是她执意要关闭心里那扇管着爱情的门。

秘书时常到邵贝幸的工作室谈合作事宜，表弟就坐在一旁看他们忙碌，不时递上一杯热水。等他们一起离开后，助理眼红地走到邵贝幸面前，让她也给自己留意一下。

她乐不可支，真把她当红娘了。

她知道助理家境不好，所找的伴侣应当有财力能承担她家庭的负担。同时，助理又是一个相对独立的人，希望在工作上有所发展，因而另一半应当支持她的工作，给予她一定的自由。

邵贝幸像是一个心理咨询师那样，把别人的需求与渴望看得一清二楚，却绝少给自己那样的机会。

在一个周五的下午，她带着设计稿去一家公司开会。

与她对接的是公司设计总监，他穿白色衬衫，隐约可以看到里面的背心，表达设计理念时，不卑不亢，懂得为他人留余地，也合理照顾到自己的利益。

邵贝幸对他欣赏有加，忽然想起自己助理的请求。他们把设计的思路都理顺后，她并没有像往常那样即刻离开，而是端起那杯还没有凉的水，像话家常那样问他，他心仪的女子是怎样的。

他倒也大方，说不太喜欢花哨轻浮的女人，朴素懂事就好，能在一起过日子，偶尔吵架也不会有隔夜仇。

"当然，长得也得过得去。"他又补上一句。

她对他的好感又添三分，毫不犹豫地问他，周六有没有空，想请他吃一顿饭。

他以为是她在对自己暗示什么，脸上出现犹豫为难的表情。幸好她心思灵通，立刻说道：

"不不不，你误会了，到时候我会带一个长得过得去的女孩儿一起去。"

那一顿饭吃得格外舒服。邵贝幸没有提前告诉助理饭桌上会来一位男性，只是叫她随意打扮，当作是打发无聊的时间。

因而，助理那最自然的姿态，让那位设计总监非常欣赏。

吃饭期间，服务生不小心把饮料洒在她的裙子上，她也只是拿起餐巾纸擦了擦，对忙不迭道歉的服务生说没关系。

他把这一切看在眼里，朝邵贝幸眨眨眼睛，表示感谢。

邵贝幸在心里对自己说："看，又成一对，什么时候轮到你？"

有了男友之后，会发觉时间严重缩水。

自吃完那顿饭后，她的助理一到下班的时间便跑得没影。深夜的办公室，通常只剩她一个人。

不是她不想回家，而是回到家之后，仍旧是一个人。但是，即便如此寂寞，她也没有准备好让爱情登堂入室。

母亲不知道从哪里听来的风声，看似不着痕迹地对她说，别光顾着撮合别人，也得惦记着自己。

她唯唯诺诺，试图把话题岔开。而母亲有意把疙瘩解开，告诉邵贝幸自己已经走出婚姻破裂的阴霾，邵贝幸也不必再执意纠结过去。人和人之间固然靠看不清摸不着的缘分维系，但更多的时候要谋事在人。

母亲说出那番话，便走出她的房间。她慢慢地打开衣柜，看到衣柜里面都是白色和黑色的衣服。她把一切都分得太清楚，唯独感情不能太理智，太较真。

邵贝幸依旧超时工作，但她开始购置一些其他颜色的衣服，比如说淡蓝的针织毛衫，雏菊黄的上衣，薄荷绿的裙装。

她也开始把只有润唇功效的唇膏换成玫红色的口红，再轻轻擦上一点粉，她像是年轻了五六岁。

她又活了过来，有闲情打理工作室里刚刚开放的紫罗兰。

助理看到她逐渐懂得生活情调，打趣地问："是准备好迎接爱情了吗？"

她听到自己说道："是的。"

生活这么枯燥，工作也这么枯燥，而爱情总有点石成金的功效。

并不是做好准备后，爱情就会即时登上门来。月下老人只有一个，排着队等着拿爱情号码牌的人那么多，总得需要些时间。

幸好邵贝幸也不是急性子的人，她还是能安安静静坐在办公桌前处理工作。自从助理和那个设计总监确立情侣关系后，她的工作室也便有了保障，两家签订了长期合作的合同。

那家公司里多半都是大龄的单身男女。邵贝幸去那家公司开会时，设计总监的小秘书大着胆子建议她举行一次联谊派对，凡是公司的单身人士都可以参加。

她看看设计总监，总监一副默认的样子，她啼笑皆非，只得接受。

在那次派对上，单身的女人尽显妖娆本色，单身男士们则拿出绅士风度。还未结束，已经有好几对男女携手走出热闹的自助餐厅，邵贝幸笑而不语。

助理捧着一杯冰淇淋坐到她身边，碰碰她的胳膊，问她有没有看上其中的某个人。她笑着摇头，装出一脸无奈的样子，说道一直忙着给别人做中间人，月下老人倒忘了中间人仍旧独自一人。

她们两个正说着话，邵贝幸转头看到总监的小秘书无聊地一手支着头，一手拿着叉子叉一块小蛋糕。

她笑着走过去，说这里有这么多单身男士，很多人已经双双离去，你为什么还没有找到。

小秘书苦涩地笑，说可能是自己太挑剔。邵贝幸好奇地问她原因。小秘书说道，她也说不清是怎样的人，只是妈妈曾经告诉她，看见那个人后内心应该会一下子亮起来。

邵贝幸只是笑，并不说话。她从来没有因为看见某个人，心中产生亮堂堂的感觉。

她环绕四周，只见人群攒动，不见带给她光的那个人。

她只好坐下来喝一杯果汁。

邵贝幸的助理把参加派对的人分摊的费用交到她的手上，告诉邵贝幸自己一会儿还要和男友约会，要提前离去。

参加派对的人纷纷离去，就连那落单的几个人在吃饱自助餐后也走出餐厅。派对也就自动结束。

而邵贝幸独自坐在餐厅里，像白色裙摆上那朵荷花那样寂寥。

一直坐到晚上十点，她终于拿着助理交给她的款项走向结账柜台。

她看到柜台前站着的男人并没有穿相应的服务生制服，而是穿着随意的白色 T 恤，理着平头，干净清爽。

　　这家餐厅是昏暗系的装修风格，晚上的灯光打得并不亮，但她仿佛觉得刚刚像从隧道钻出，看到令她震颤的光晕。

　　她是这家自助餐厅的老顾客，知道柜台前站着的人不是服务生。

　　她慢慢地走过去，把钱交给他，并随意和他攀谈起来。

　　她问他，以前的服务生去了哪里。他回答，和来这里举行派对的一个女孩儿去约会了。她笑得弯下腰，对他说，她是这次派对的红娘。他接着说，红娘也不该落单。

　　她揉揉眼睛，怕眼前的光是梦里的场景。胸口的那颗心跳得格外欢快，这应该就是爱的感觉吧。

　　她听见自己问他，下次来还会不会看见他。他递给她一张名片，她才知道他是这家餐厅的老板。她把名片郑重地放进包的夹层里，那时她已经记住了他的电话。

　　在回家的路上，她听见两个自己在对话。

　　"你相信爱情吗？"

　　"比任何时候都相信。"

　　"结束单身还需要多久呢？"

　　"或许是下一次见到他的时候。"

再见，或者再也不见

"再见，哆啦 A 梦。我过得很好。"洛一嘉在心里说道。

还有比电影更奇妙的东西吗？

我想没有了。

深藏在记忆中的哆啦 A 梦，终于乘着电影的时光车回来看我们。

特意买了六一儿童节的电影票，挑了一个隐秘的位置，并准备好了一叠纸巾。

前半段我与那些跟随爸妈来的熊孩子们一起笑得前俯后仰，后半段我与那些熊孩子的爸妈一起哭得鼻涕横流。后来发现，挑选隐秘的位置根本就没有必要，因为哭的人并非只有我一个。

银幕上的哆啦 A 梦，还是那只圆滚滚的机器喵星人。

他没有耳朵，没有让人们尖叫的马甲线，身高只有 129.3 厘米，体重却是 129.3 千克。

他最怕的竟然是老鼠，最爱吃的是铜锣烧，最爱住在衣橱里。大雄第一次见他时，错认为他是狸猫，他不服气却没有办法。

最让人羡慕的是，他有一个口袋，里面装着千奇百怪的

宝贝。但比宝贝更珍贵的是，他对大雄的爱与包容。

在微博里看到一则关于这部电影的影评，深触我心。

"像是一家老店开八十周年店庆，用曾经最好的菜料，新的烹饪方式炒出的一道纪念大餐，不同的人尝出的是不一样的味道，小孩子被嘻嘻哈哈和一些竹蜻蜓飞驰镜头爽翻天，而老店的老顾客品尝着曾经熟悉的味道时却早已泪流满面。"

我们都是念旧的人，都想让过去那个人一直陪在身边。可是，我们都得长大，独自面对这个世界的千疮百孔。

在上司面前受了委屈，要用更漂亮的业绩去抵抗；被众人的谣言中伤，不能用言语解释而默默用行动澄清；在爱情中弄得体无完肤，不纠缠不报复，而是不动声色成就一个更好的自己，等待一个更好的人出现。

所以，哆啦A梦才说："大雄，我会保护你，但你也要学会慢慢长大。"

一直陪伴我们的人，终究要离开。

在那个人眼中，我们始终都是又傻又笨，不能应付突如其来的祸乱，脆弱得一阵风都能吹倒，因太过善良而容易被骗，因感情用事而太冲动。所以，那个人是那么放心不下。

大雄知道哆啦A梦不得不回到属于自己的时代后，独自一人面对胖虎的挑衅，被打得鼻青脸肿依然不放弃，直到胖虎伤痕累累地认输。

哆啦A梦一直站在旁边滴着泪看他与胖虎对抗，看到最后终于放下心。他知道大雄已经长大，已经变得足够坚强。

童年记忆里的哆啦A梦，陪伴了大雄八十年。

大雄是一个人，会经历生老病死。而哆啦A梦是一只机器猫，他不会生病，也不会死去，时光对他不起任何作用。因而，大雄在临死前对哆啦A梦说："我走之后，你就回到属于你的地方去吧！"

哆啦A梦很听话。他在大雄去世后，又一次穿越时空。

这一次，他回到了八十年前，与大雄相遇的第一天。他对大雄说道："你好，我叫哆啦A梦。"因而，他又得以看着那个又呆又迟钝的大雄，重新成长。

我想，这才是真正的爱吧。不管对方多么糟糕，他永远不离不弃。

如果非要离开，那就回到最初的地方，重新开始。

仍然记得高中班上的洛一嘉。

在老师与家长眼中，她是一个不折不扣的问题少年。打耳洞，染头发，穿带洞的牛仔裤，与男生一起混迹网吧。

之所以这样，多半由于破碎的家庭。

她的母亲红杏出墙，被她的父亲抓住把柄，找到证据。被戴上绿帽子的男人自然怒不可遏，他把她的母亲赶出门，却拒不办理离婚证，并且他认定洛一嘉不是他的亲生女儿。

母亲不知身在何处，父亲喝醉了酒又时常拿她出气。她找不到做好孩子的理由，便渐渐脱离社会正常轨道，朝着人们并不认可的方向奔跑而去。

昔日的好友远离她，老师们苛责她，暗恋她的男生冷落她。仿佛一夜之间，她就被这个世界唾弃，变得一无所有。

既然这样，那就更放肆一点吧。反正没有比这更糟糕的境遇，反正已经没有人关心她。

可是，她错了。在这个偏爱落井下石的世界里，还有一个人一直站在她身后，看她脚步踉跄时，就默默跑上前去扶她一把。

这个人是曾向她表白却被拒绝的优等生潘易峰。

他木讷却善良，会为别人的悲伤而感到悲伤，也会为别人的幸福而感到幸福。尤其，他写得一手好文章，嘴拙却能用文字表达内心的喜怒哀乐。

向洛一嘉表白时，他便用了最古老的情书的方式。只是，洛一嘉知道他们不是一个世界的人，并不想拖累他。所以，她直截了当地拒绝，没有给他留下一点余地。

知道这个世界上还有人关注自己的一举一动，她觉得生命有了些许存在的意义。但这似乎并不足以让她改过自新，毕竟做坏孩子比做好孩子要来得容易得多。

于是，她依旧我行我素，逃学，沉迷于网络游戏，在外过夜，酗酒。

她与社会上的混混勾肩搭背，在学校内找不到一个朋友。教务处多次给予处分和警告，她都视如无睹。

当生无希望时，也就不在乎旁人的眼光。

幸运的是，潘易峰一直守护在她身边，做她的哆啦A梦。

当她交不出作业的时候，他就帮她多写一份。当她被社会上的小混混刁难的时候，他就挡在她面前任人拳打脚踢。当她把零用钱都挥霍在网络游戏上的时候，他就把省吃俭用余下来的钱交到她手中。当她的父亲喝醉后来到学校闹事的时候，他就替她出面把她的父亲送回家里。

她从来不表示感激。他也从来不抱怨。

一个人不领情，一个人心甘情愿。

老师多次警告他，不要多管闲事，不要无事生非，以免被拖累。

他低着头不说话，老师也无可奈何。

值得庆幸的是，他的成绩一直名列前茅。单凭这一点，老师们最终无话可说。

而她始终冷眼旁观，并不是因为她不领情，而是由于他为自己所做的一切都弥足珍贵，因而不敢轻举妄动。她实在害怕破坏他们之间维持的不远不近的距离，以及那种懵懂暧昧的气氛。

最不留情的是时光。无论这时光是好是坏。

限量版的夏天终于到了尾声，限量版的幸福也终要落下帷幕。

在照毕业照那一天，很多同学都不愿挨着洛一嘉。

洛一嘉皱皱眉头，打算无声无息地走开。但在那时，潘易峰拉住她的胳膊，将她拉回镜头前。她站在凳子上，位于最后一排左起第一个位置，潘易峰则紧挨着她，处在第二个位置。

照完毕业照，同学们一哄而散。潘易峰则叫住洛一嘉，表示有话要说。

以往，洛一嘉一定会拒绝，但临近毕业，她知道以后见面机会不多。

他几次欲言又止，终究在她不耐烦的时刻开口说话。

他对她说，以后不要那么任性，学会爱护自己，学会坚强地面对周围一切糟糕的事情。

她慢慢低下头。

他继续说，可以偶尔伤心，但不要绝望。可以偶尔偷懒，但不要放弃努力。这个世界冷漠冰凉，但总有温暖的时候。以后无论多么艰难，都要记得曾经有人毫无保留地陪伴过你，爱过你。

她的头越来越低，帆布鞋上湿了一大片。

他依旧自顾自地说。三餐要丰富准时，零食要少吃，水果要多吃，尽量不赖床不熬夜，把晨跑当成习惯。努力生活，不为别人，只为自己。

最后，他说："我暂时想到的就是这些，以后想到什么再告诉你。"

很多年以后，洛一嘉的品牌时装店开了三家分店，整个人容光焕发。

很多人问她保持好气色好身材的秘诀，她笑着说，保证三餐，少吃零食，多吃水果，像爱男人那样爱运动。

说完，她的视线绕过那个人，看向很远的远方。

"再见，哆啦 A 梦。我过得很好。"洛一嘉在心里说道。

洛一嘉与潘易峰再也没有出现在彼此的生活里。

但是，他们都没有忘记过那一场始终没有开始的恋爱。

在以后的生活中，他们都相信，各自会找到一个永远不会离开的哆啦 A 梦。

愿你有爱情，也有红酒

那时的时光是最美的，爱情是最纯粹的，她也是最漂亮的。所以，她忍不住说道："我把最好的岁月都给了他。"

我曾在法国游历三个月，那时由于资金有限，便住在前去留学的朋友租来的小房间里，每个月给她少量的租金。虽然她一直推辞，但我还是硬塞给她。毕竟，在国外生活并不容易。

在那三个月中，我几乎逛遍了整个法国，拍摄了大量美景和美食照片。

繁华的巴黎，庄严的圣米歇尔山，名画聚集的卢浮宫，浪漫的普罗旺斯，以及具有治愈效果的尼斯，都可在我的相机里找到蛛丝马迹。

但最令我难忘的，不是这么大众化的经典景点，而是位于莫雷圣丹尼斯的杜雅克葡萄酒庄园。

我并不会品酒，也不知道怎样评判一瓶红酒的好坏，却莫名地喜欢藤上一串串葡萄被压榨酿制成酒的奇妙过程。

威廉·杨格曾说："一串葡萄是美丽，静止与纯洁的，但它只是水果而已；一旦压榨后，它就变成了一种动物，因

为它变成酒之后，就有了动物的生命。"

这话说得再恰当不过，葡萄被酿成酒，就具有了生命，也具有了珍藏的价值。

在一个晴朗的周末，不上课的朋友借来一辆车，我们一起出发去垂涎许久的杜雅克庄园。道路两边有大片的田野，云彩低低地浮在上面，像是梵高笔下晴日里的麦田。

我对朋友说，这里才最适合度假。她则笑笑说，这里没办法和真正的酒庄比。

大概一个小时后，我们终于抵达杜雅克庄园。一串串葡萄挂在藤上，远处有鸟扇动翅膀低空飞过，工作人员提着篮筐在采摘葡萄。

这里确实如朋友所说，比路上单调的田野要美太多。

停好车后，我问朋友为何这里比别处的庄园更香。朋友笑着说，该让庄主回答你这个问题，他最喜欢别人这样问他。

那里人潮涌动，各种肤色的人们操着彼此听不懂的语言交流。但从他们表情和语气来看，我知道那些人无一例外都在惊叹。在这里，再吝啬的人也毫不介意说出溢美之词。

我们在庄园随意游览，观赏。到中午时分，人流渐渐散去。

朋友对这一带很熟，我们决定先去找庄主聊一会儿再去吃饭。庄主也算是爽快人，知道我们还未吃饭，便邀请我们到他暂时的小厨房里去吃。

午餐不算是丰盛，但每一道菜都精致至极，且弥散着馋人的香味。

我忍不住说，为什么你的饭菜比别人家的香，葡萄酒也比别人家的香。

好话谁都爱听，庄主笑声爽朗，合不拢嘴。他说，他自幼便学习饮酒和酿酒，继承这座庄园后，坚持用传统的方法种植葡萄并酿制葡萄酒，所以醇香无比。

我接过庄主的话茬，幽默地说道，午餐也是纯天然的、传统的做法，因而也醇香无比。

我们一起笑起来。

如今想起来，似乎已经忘记庄园的风景带给我的震撼，甚至忘了庄主给我品尝的那瓶葡萄酒到底有多醉人。

但我至今仍未忘记的是庄主那套关于红酒与爱情的理论。

酒不醉人人自醉，确实如此。

那天庄主格外高兴，把盘子里的午餐全部吃掉后，又从酒库里拿来一瓶珍藏多年的酒。

我们有些不好意思，毕竟那瓶酒是我们负担不起的价格。他则摆摆手说这不过是小意思，继而打开了那瓶酒。

红酒在高脚杯里轻轻摇荡，他的眼神似乎已经失去了焦点。借着微醺的酒意，他开始用法语讲述以前的故事。

他说，葡萄酒就像爱情一样。葡萄酒并不以收藏时间的长短定价值，而是以年份定价值。如若年份好，那一年的酒就很值钱。例如 1982 年的红酒，就比更早的红酒价格高出很多。

爱情似乎也是这样。

他在结婚之前，谈过几次恋爱。他最怀念的人，并不是多数人口中的初恋，而是那个陪他一起度过艰难岁月的人。

初次恋爱时，第一次尝过患得患失的滋味，但因太过顺利，中间并无磕绊，很快就忘记。

不久之后，他在学习酿制葡萄酒时，遇到瓶颈。无论怎么冥思苦想，都没有进展。父亲劝他出去走一走，散散心，或许会有所收获。

于是，他提着简单的行李来到希腊的圣托里尼岛。

黄昏下的圣托里尼更加神秘，像是有神灵庇佑。他坐在蓝白相间的石阶上，漫无目的地看向远方那片蓝色的海域。正当他想要走的时候，来了一队拍婚纱照的人。他记得很清楚，他最先注意到的并不是穿着白色西装和白色婚纱的新郎新娘，而是那个提着摄像机的瘦削的摄影师。

她漆黑的头发像瀑布一样垂在背后，眼睛大而深邃，许是由于暴晒太久，她的颧骨上跳跃着几颗小雀斑。

他停下脚步，重新坐回原位，静静地看她为新人拍摄婚纱照。新人做不出她想要的动作时，她便把摄像机交给助手，站到新娘的位置，亲自摆出幸福而舒缓的姿态。

　　他看得入神，心里滋生出了前所未有的奇妙感觉。他想着，等拍摄结束，他一定要走上前去和她说句话。

　　只是，一切都没有按照他的预期发展。

　　等拍摄结束，新郎和新娘纷纷向她道谢完毕后，她竟兀自潇洒地走过来，用摄像机对准他。在按下快门之前，她愉快地说道："不介意我为你拍摄一张照片吧。"

　　她说的是竟然是法语，虽然发音并不太准确，但语气温柔，让人感觉仿佛有人在自己脖颈间轻轻吹气一样。

　　他刚要回答，闪光灯已与落日的光芒交汇在一起。

照片上的他，有些木讷，有些不知所措，当然也有若隐若现的意外之喜。

那个女摄影师的下一站是爱琴海，她露出好看的酒窝，微笑着邀请他一起去。反正他没有紧密的行程，便随她而去。

那是他那几年里度过的最快乐的一段时光。所有的忧愁被忘得干干净净，留下的只是丰盈而饱满的快乐。虽然最后她与摄影队伍一起回国，不得不向他道别，但他已经收获了比葡萄酒更香的爱情。回到自己的葡萄庄园后，他沉下心来研究，终于使庄园在勃艮第地区享有盛名。

男人也是感性动物。他们往往会感激在自己坏的境遇里出现的女人，而怨恨在自己坏的境遇里离开的女人。

所以，庄主至今怀念那个在爱琴海边牵着他的手奔跑的摄影师。

听完庄主的故事，我转过头问朋友，女人所感受到的爱情，也和葡萄酒类似吗？

她想了想说，是的。女人对旧情的回忆，也与时间是否久远无关，而与当初自己的状态有关。

在她年华正好的时候，她与一个一无所有的男人相爱。

两个人很穷，但足够浪漫。过百天纪念日时，他们没有去西餐厅吃烛光晚餐，而是在租来的地方点上蜡烛，吃了一顿自己动手的晚餐。期间，男朋友拿起吉他为她唱歌。

那时的时光是最美的，爱情是最纯粹的，她也是最漂亮的。

所以，她忍不住说道："我把最好的岁月都给了他。"

因为把最好的岁月都给了他，所以她对他始终念念不忘。

驱车离开庄园的时候，已经黄昏。

气温降下来，吹来的风凉下来。但或许是因喝了葡萄酒的缘故，我兴致盎然。

如今已回国许久，但那段葡萄庄园旅行，仍旧记忆犹新。

与人约在西餐厅时，看到摇晃着的红酒杯，我总会忍不住想过去问，你知不知道红酒和爱情的关系？

如若时光之里，有幸与你相逢

爱情总要沾染尘世的烟火，才算完整：即以婚姻的名义，一起慢慢变老。

1.不要打着寂寞的名号开始一段恋爱。如若执意如此，那么最终你得到的，是无法填补你所失去的。

2.时间持续流转，今天不断变成昨天。从这个意义上而言，每一天都是簇新的。所以，每一个人都没有理由纠结于过去。

3.人的痛苦，往往不是源于新的伤痛，而是源于过去的记忆。无论过去的记忆是痛苦还是幸福，它都对当下的生活具有威力十足的震慑力。

3.完美的事物是不存在的。因而，不必苛求完美爱情的存在。太过固执和苛刻，最终受伤的人只能是自己。

4.不存在完美之事，但并不代表我们可以自怨自艾，自我放弃。在任何时候，你都应该为自己，为爱情，朝更好的远方努力奔跑。

5.爱情从来不是一件说理的事，而是一件讲情的事。但这并不是说爱情的维护不需要理智，一味冲动和任性，同样对爱情无益。

6. 没有永久的恋人，只有永久的爱情。

7. 没有永久的伤痛，只有永久的记忆。

8. 幸福没有标准，不能比较。爱情也是一样，当你开始要求伴侣按照周围人的标准去做时，爱情的纯度已经大打折扣。

9. 在一段爱情中，我们不必太过紧张，和伴侣保持一定距离，给对方一定的空间。如此，爱情才会像变魔术一样，时时保持激情和惊喜。

10. 最好的爱情，是两个人保持一定的距离，并肩看这个世界。

11. 最坏的爱情，是一个人以关心之名，把对方圈在自己设定的围墙里。

12. 世界上所有的自由，都有一定的限度，需要遵循一定的秩序。爱情中的自由也是这样。所以，尽情享有一定的自由，并时刻警惕破坏秩序。

13. 生活五味杂陈，包含种种。所以，爱情并不是人生的全部，也不应该成为全部。

14. 你的伴侣是你生命中至关重要的人，但不是唯一重要的人。任何人都不应为了伴侣疏远所有的人。最好的伴侣，应该是促使自己和所有人的关系更加紧密。

15. 在这个世界上，孤独恒常如新，并且千姿百态。建立一段爱情，并不是要和孤独对抗，而是试图与孤独和解。

16. 不要用浑身力气去恨一个人，恨比爱花费的精力更大。与其浪费时间去恨，不如把有限的生命花费在千载难逢的喜欢上面。

17. 不懂爱情时，爱情反倒更纯粹、更透明、更干净，但时常短暂如初春的雪花，落地即化。

18. 凡事有了目的，就容易变质。所以，天真一点的人，才能够真正去爱。

19. 因为爱情，每一个人都可以低下头变得极其卑微。但在卑微过后，每个人都应该开成一朵花。

20. 在爱情开始之前，要学会先爱自己。以温柔的眼光看待周围的一切，让灵魂和身体保持同一频率。这样，你就能以最自然的心态，游刃有余地在爱情之中徜徉。不害怕失去，也不害怕被遗弃。

21. 骑着白马的王子，并不一定是我们需要的那个人。穿着红色披风，拯救地球的超人，也不一定是我们的 Mr.Right。最适合我们的人，永远都是那个能自由穿梭于生活主场，不怕在我们面前出丑和假装坚强的人。

22. 有人说，爱对了是爱情，爱错了是青春。无数人为这句话的精辟落泪赞叹。然而，我想说，分清对错哪有那么容易。只要肯付出心力坚持的，都是对的。

23. 爱情没有制胜宝典，也没有通关秘籍，做过无数遍的黄冈题库也不起作用。所以，失恋是难免的，疼痛必来搅局。而你需要做的便是，趴在原地哭够后，揉一揉伤口，继续往前走。

24. 失恋，我们失去的只是一个过客，而并非爱的能力。因而，我们没有理由为一个过客的离开而丧失对爱情的美好想象。

25. 爱情的长度无法测量，用付出、感受、感恩去维系它，它总不会让我们失望。即便如此，关系还是结束，但我们已经收获得足够多。

26. 爱情的终极意义，是通过相处看到自己和对方的缺陷，并由此努力修行，让自己变得更加从容，同时也让生命变得更加从容。

爱情总要沾染尘世的烟火，才算完整：即以婚姻的名义，一起慢慢变老。

而在走进婚姻殿堂之前，每个人都要经历一个兵荒马乱的阶段，总感觉结婚之后，爱情便消失殆尽，生活便奔涌而来。

其实，婚姻并不与美好的生活理念背道而驰，相反它会以另一种迂回的方式呈现出灵魂的瑰丽色彩。

而这需要你认真承受生活赋予你的重担。

《纽约时报》曾刊登过《婚前必问的15个问题》。正在体验爱情的你，不妨也问问自己，看看自己是否已经准备好欣赏婚姻里的静水流深。

1. 我们要不要孩子？如果要，由谁负责？

2. 我们的赚钱能力及目标是什么？消费观与储蓄观会不会发生冲突？

3. 我们的家庭如何维持？由谁来掌控可能出现的风险？

4. 我们有没有详尽地交换过双方的疾病史？包括精神上的。

5. 我们父母的态度有没有达到我们的预期？会不会给予足够的祝福？如果没有，我们如何面对？

6. 我们有没有自然、坦诚地说出自己的性需求、性的偏

好及恐惧？

7. 卧室能放电视机吗？

8. 我们真的能倾听对方诉说，并公平对待对方的想法和抱怨吗？

9. 我们清楚地了解对方的精神需求及信仰吗？我们讨论过孩子将来的教育模式和信仰问题吗？

10. 我们喜欢并尊重对方的朋友吗？

11. 我们能不能看重并尊敬对方的父母？我们有没有考虑到父母可能会干涉我们的关系？

12. 我的家族最让你烦心的事情是什么？

13. 我们永远不会因为婚姻而放弃的东西是什么？

14. 如果我们当中的一个人需要离开其家族所在地陪同另一人到外地工作，做得到吗？

15. 我们是不是充满信心地面对任何挑战，使婚姻一直往前走？

如果你能坦率地面对这些问题，你就有足够的力量面对接下来的路。

　　只要脚步还在路上，就不能避开路上的荆棘，我们始终都得保持激情。确实，幸福是需要一辈子都为之努力的事情。

爱你像风走了八千里，不问归期